JN306778

哀しみの終着駅

怪異名所巡り3

赤川次郎

集英社文庫

イラスト／南Q太
デザイン／小林満

目次

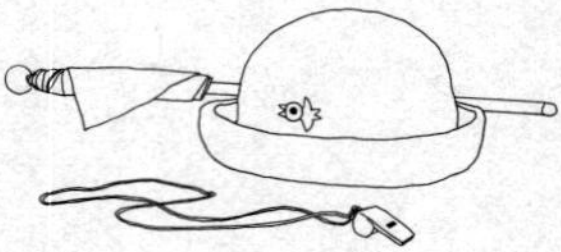

哀しみの終着駅

怪異名所巡り3

忠犬ナナの伝説

1　少女

駅の改札口を抜けると、冷たい雨が灰色の幕のように視界を包んでいた。

「やれやれ……」

大沢竜一郎《おおさわりゅういちろう》は、コートのえりを立てて、ため息をついた。

たまたま大学に傘を忘れて来た日に限ってこうだ。――ツイてない、というだけでなく、大沢にとってはこの雨が、まるで己れの人生そのものの象徴のようにさえ思えるのだった。

分っている。

たかが雨だ。そんな大したことではないのだ……。

改札口から続いて出て来た女子高校生が危うく大沢に追突しそうになって、

「邪魔だよ、おじさん」

と、ジロリとにらんで行く。

「ああ。――ごめんよ」

大学で、当節の若い女の子たちを教えているので、こんなことではびっくりしない。口のきき方は乱暴でも、気のいい子が多いということも、よく分っていた。

——仕方ない。歩くか。

じっと立っていても、誰《だれ》も迎えに来てくれるわけではない。

「ナナ……」

と、大沢は呟《つぶや》いた。

もう、ナナはいない。いつも、この改札口を抜けると、道の向い側で尻尾《しっぽ》を振って待っていてくれたナナ。

——大沢が「人生」などと大げさに考えるのも、そのせいなのである。

どうしてだ？

どうして人生は、こうも残酷なのだろう。

大沢竜一郎は雨の中を歩き出した。

たちまち雨が全身を濡《ぬ》らす。——風邪《かぜ》でもひいて、肺炎になって死ぬか。

「それも悪くないな」

と、呟く。

ナナのいない人生なんて……。

——ナナは、決して血統書つきの「名犬」というわけではなかった。

子犬のころ、大沢の家の近くの公園に、段ボールに入れて捨てられているのを、朝の散歩に出た大沢が見付けたのだ。

大沢は独り身で、生きものを飼ったりするのは面倒で、したことがなかった。

しかし、その子犬を見付けたとき、ちょうど雨が降り始めて——今日のような、冷たい雨だった——放っておけば、子犬は死んでしまうに違いなかった。

放《ほう》っては帰れず、結局、「一日だけ置いてやろう」と、自宅へ連れ帰った……。

それがナナとの出会いだ。

「ナナ」という名も、見付けたのが「七日」だったから。

しかし、一旦《いったん》飼ってみれば、ナナは大沢の人生の一番の友となった。

それが……。

横断歩道の信号は赤だった。

大沢は足を止めた。雨足が一段と強まる。

雨はコートのえりから容赦《ようしゃ》なくしみ込んで来て、体を冷やしていった。

すると——急に雨がパタッと止《や》んだのである。

いや、雨は降り続いている。しかし——。

「この傘、使って」

傘をさしかけてくれたのは、ブレザーの制服を着た、高校生の女の子だった。

「いや、私はいいんだ。君、濡れるよ」

と、大沢は言った。

「もう一本持ってるの」

手にしていた傘を大沢に持たせると、女の子は学生鞄《かばん》を開けて、中から折りたたみの傘を取り出した。「——ね？」

「用心がいいね」

「いつも鞄に一本入れとくの。こっちの傘は、この間学校に忘れて来たやつ。今日、家へ持って帰るつもりで、持って出たらこの雨でしょ」

人なつっこい印象の、可愛《かわい》い子だ。

「そうか。私も、本当はたいてい一本持って歩いてるんだが、今日に限って大学へ置いて来たんだ」

「役に立たないね」

「全くだ」

大沢は笑った。——雨に濡れて肌にはりついている服の気持悪さが、大して気にならなくなっていた。

「あ、信号青だ」

と、女の子が言った。「これ、広げなきゃ」

大沢が女の子の学生鞄を持ってやると、女の子が折りたたみ傘を広げる。しかし、少し手間どったせいで、

「――あ、また赤になっちゃった」

大沢は、女の子と、また信号が変るのを待つことになった。

「――大学って言ってたけど、先生？」

と、女の子が訊《き》く。

「うん、まあね。君は高校生だな」

「今、二年生」

「その制服は、K女子学園だったかな」

「よく知ってるね！」

「同じ電車でよく見かけるからね」

と、大沢は言った。「私は大沢竜一郎だ」

「私、ナナ。――あ、青になったよ」

すると、女の子が言った。

女の子は、横断歩道へ足を踏み出し、数歩行ってから、大沢が元の所に立ったままでいるのに気付いて振り向き、

「どうしたの？」

と訊いた。

「いや——すまん」

大沢は我に返って、急いで歩き出した。

横断歩道を渡った所で、

「私は左へ行くの。先生は?」

「僕は右だ」

「じゃあ、ここで」

「この傘を——」

「持ってっていい。ここで返してもらったら、何のために貸したか分んないでしょ」

「しかし、それでは……。じゃ、明日でもこれを返しがてら、お礼に何か甘いものでもごちそうさせてくれ」

大沢は自分でもびっくりした。こんなことがスラスラと口に出せるとは!

「ありがとう。じゃ、お言葉に甘えて」

女の子は素直に微笑《ほほえ》んだ。「明日、クラブがあるから、帰り、六時ごろ」

「分った」

女の子が、「駅の近くのケーキのおいしい店」に決めて、

「じゃ、さよなら。風邪ひかないようにね」

弾《はず》むような足どりは、冷たい雨など少しも気にしていなかった。

――大沢は、雨で服が濡れていることなど、忘れてしまっていた。そして、その少女の姿が見えなくなるまで、じっと見送って、呟いた。

「ナナ……」

2　忠犬

「やはりね、世は今やペットブームだ」

社長の筒見《つつみ》のこういうものの言い方には、町田藍《まちだあい》も慣れっこである。

まあ、いくらも反論はできようが、筒見には筒見で、経営者として――いかにこの〈すずめバス〉が弱小企業でも――会社をつぶしたくないという切実な思いがあろう。

「それが何か？」

と、藍は言った。「ペットのお化けでも出ましたか？」

「そういう話じゃない」

と、筒見は話の腰を折られて不機嫌そう。

「君はこの間の〈私の愛犬自慢ツアー〉を上手《うま》くこなしたじゃないか」

「とんでもない！　二度といやです、あんな企画！」

藍は椅子《いす》から飛び上りそうになった。

――町田藍は二十八歳のバスガイド。

以前は業界最大手の〈Hバス〉で働いていたが、リストラにあい、それでも、バスガイドという仕事が続けたくて、この〈すずめバス〉へやって来た。

「まともな企画では生き残れない」

という、社長の筒見の信念で、この会社のツアーは一風変っている。

中でも、「幽霊と話せたりしてしまう」という藍の特技を生かした〈幽霊ツアー〉が人気だ。だが、そうそういつも幽霊が出て来てくれるわけではない。

そこで筒見がひねり出したのは、〈ペット愛好家向けツアー〉。

「社長。――仕事と思えば、何十四ものワンちゃんたちに吠《ほ》えられたりなめられたりするのも我慢します。でも、立って説明している私の足にオシッコを引っかける犬を、けとばさずに我慢しているのは、限界を越えています」

「君の気持はよく分る」

「分ってませんよ。飼主たちが、『うちの子こそナンバーワン!』と言い張って大ゲンカ始めるのを、必死で止めに入るんです。殺されるかと思いましたよ、本当に。あれなら、まだ〈幽霊ツアー〉の方がましです」

「じゃ、君、化けて出るかね?」

「どうして私が生きてるのに化けて出なきゃいけないんですか」

と、藍は口を尖《とが》らし、「——今度はどういうペットのツアーなんですか？」

筒見は待ってましたとばかりに、

「これだ！」

と、藍の前に一枚の紙を置いた。

それは一種の〈企画書〉だった。——しかし、〈企画書〉と呼ぶには、タイトルばかりがでかでかと書かれて、中身の説明がなかった。

〈世界の忠犬めぐりツアー！　日本編〉

「——〈世界の〉って、外国編があるんですか？」

「外国の犬のことまで知るか」

「〈忠犬めぐり〉なんて……。まさか、〈ハチ公前で集合〉して終り、じゃないでしょうね」

筒見は目を見開いて、

「よく分ったな、君！」

「社長——」

「いや、集合は何といっても、有名な忠犬ハチ公の前がふさわしいが、それで終りってことはない」

「じゃ、どこへ行くんですか？」

「これだ」

筒見が続けて取り出したのは、スポーツ新聞の切り抜き。

そこには〈私は忠犬ナナ公――毎日駅まで主人をお出迎え〉とあった……。


「ハチじゃなくてナナなんて……。本気なのかね、全く」

藍はブツブツ言いながら電車を降りた。

確か、記事によればこの駅の改札口を出たところで、〈忠犬ナナ公〉が主人を待っているのだ。

しかし、大体、この手の記事は、いわゆる「埋《う》め草《くさ》」というやつで、ページの一部が空《あ》いたときに適当に書かれるものである。

まだ純情だった少女時代、藍はある週刊誌で、〈難病と闘う！　アオよ頑張れ！〉という「名馬の闘病記」を読んで涙した。せめてニンジンでも届けたいと、編集部を訪れた藍に、記事を書いた記者は笑って、

「いや、あれはね、入るはずの原稿が入らなくて、適当にでっち上げたんだ」

と言った。

「でも、倒れてる馬の写真が……」

「ああ。ありゃ立ってる馬の写真を横にして載《の》せたのさ」

——以来、藍はこの手の話は信じないことにしている。

大体馬なら何でも「アオ」なんて、変だ。

「その内、〈クビになってさすらうバスガイド！　アイよ頑張れ！〉なんてね」

と、ひとり言を言いつつ、改札口を出た。

記事を信じれば、改札口を出ると、道の向い側に、いつもこの時間、主人の帰りを待つ忠犬ナナ公の姿が……。

しかし、目の前には犬も猫もいなかった。もちろんライオンも。——いたらびっくりだが。

「やっぱりインチキか」

と、藍は呟いた。

——道の向い側には、犬ではなく女の子が一人、人待ち顔に立っていた。

まさかあれが〈忠犬ナナ公〉じゃあるまい。

藍は、脇《わき》の方にある売店へ行って、ペットボトルのお茶を買い、訊いてみた。

「ああ、ナナちゃんね」

と、そのおばさんは肯《うなず》いて、「知ってるわ。毎日、この駅前に来てたの。本当よ」

「ナナ？　ナナ公じゃなくて？」

「ええ。雑種だけど、可愛い犬だった。飼主は大学の先生でね」

「『だった』というのは……」

「死んだのよ、ナナちゃん」

「死んだ？」

「トラックにひかれてね。——いつもなら、ご主人が道を渡って行くのを尻尾振って待ってるんだけど、その日はどうしてか、自分の方から飛び出してね。ちょうど走って来たトラックに……」

「そうですか」

死んじゃったんじゃ、仕方ない。まさかツアーを組んで、

「ここがナナ公殉職《じゅんしょく》の地でございます」

なんてやるわけにもいかない。

「どうもありがとう」

と、藍が行こうとすると、

「あの先生よ」

と、おばさんが言った。「犬の代りに今じゃ援助交際らしいの。ナナちゃんが生きてたら嘆くわね、きっと」

いかにも大学の先生らしい風貌《ふうぼう》の中年の男性が、改札口を出て来ると、道の向いに立

っているブレザー姿の少女に手を振った。

少女の方も、飛び上るようにして手を振っている。

あれは演技じゃないだろう。少女の方もその「先生」に会うのが心から嬉《うれ》しそうだ。

トラックが来る。——「先生」は足を止め、それが通り過ぎるのを待った。

藍は、何となくその二人をもっとよく見たくなって、トラックが通り過ぎるのを待っている「先生」の方へ歩いて行った。

同時に、バスガイドとして、車の事故に人一倍神経を使っているせいか、駅前に停《と》まっていた小型車が動き出したのを、目ざとく見付けていた。位置関係から見て、あの少女の目にはトラックに隠れて小型車は見えていない。

ああいうときが危い。

目に見えている車だけに気を付けて、それがいなくなると飛び出してしまう。そこへ、全く目に入っていなかった車が——。

大人でも、こんな事故に遭《あ》う人は珍しくない。

「こっちへ渡るなよ、ナナ」

と、「先生」が呼びかけた。

ナナ？——それって、死んだ愛犬の名じゃなかったの？

藍は、しかしその「先生」の声が、トラックの音に邪魔されて、向う側の少女には聞こえていないだろうと思った。

トラックが駆け抜ける。そのとき、藍はちょうど「先生」と並んで立つ所まで来ていた。

「先生！」

不意に、少女の方が駆け出して来た。

走り出していた小型車が、ぐっとスピードを上げた。

ぶつかる！

藍は自分でもびっくりするほどの反射神経を発揮した。少女に向って突進したのである。

そして正面から少女に飛びつくと、腕の中に抱きかかえて、二、三歩進んで伏せた。

鋭いブレーキの音が耳を打った。

「——ナナ！」

あの「先生」が駆けて来る。

「大丈夫？」

藍は、少女を助け起こした。

振り向くと、あの小型車がゾッとするほど近くに停っていた。

「ナナ！　こっちへ来るなと言ったじゃないか！」

と、「先生」が厳しい声で言った。

しかし、次の瞬間、その少女が「先生」に取りすがるようにして泣き出した。

「ナナ……、泣くな。良かった。本当に良かった！」

しっかり抱き合っている二人を見て、車を運転していた男性は窓から顔を出したものの、何も言えなくなってしまった……。


「いや、本当に、何とお礼を申し上げていいか……」

と、大沢竜一郎はくり返した。

「いいんですよ」

藍も、さすがに照れくさかった。

——ナナを助けたお礼に、と、藍はお汁粉《しるこ》をごちそうになっていた。

「ごちそうさまでした」

と、藍がはしを置くと、

「いかがです？　何ならもう一杯——」

「とんでもない！　もう充分です」

何しろ、藍はもう二杯、お汁粉を食べていたのだ。

「——あなたにはお分りにならないでしょう」

と、大沢は目を潤《うる》ませて、「このナナをもし失うようなことがあったら、私はとても生きていけません」

「はあ……」

藍は、その少女ナナを見た。

矢崎《やざき》ナナ、と少女は名のった。

十七歳の高校生。——ナナという名は、ないわけではない。

たまたま、大沢が可愛がっていた犬と同じ名だったのだろう。

だが、それだけで、二人の仲を説明することはできない。

大沢が若い少女に夢中になることは、まあ分らないでもないが、ナナの方もしっかりと大沢に寄り添って、本当に幸せそうにしているのだ。十七歳の女の子が、五十を過ぎた男に？

「ナナも、気を付けなきゃいけないよ」

と、大沢が言うと、

「うん、分ってる。ごめんなさい、先生」

と、素直に謝る。

——藍の目にも、その二人の仲は「普通のものではない」と映った。

しかし——そこまでは他人の口出しすることではない。

とりあえず、藍はお汁粉の礼を言って、引き上げることにしたのである……。

3　訪問客

〈忠犬ナナ公〉は死んでいました。ですから、残念ながらツアーは組めません。

——社長の筒見にそう報告すべく、藍が〈すずめバス〉の本社（といっても支社はない）兼唯一の営業所へ入って行くと、奥の席で社長の筒見が電話しているのが目に入った。

筒見の席のそばに置いてある、オンボロな応接セットに女性が一人座っている。来客中か。

藍は少し待つことにして足を止めた。

バッグの中でケータイが鳴った。

「——はい」

と、出てみると、

「町田君か？　筒見だ」

「は？」

面食らって筒見の方へ目をやると、こっちへ半ば背を向けてかけているので、まさか相手がすぐそばにいるとは思ってもいないのだ。

「いや、君にぴったりの企画があるんだ」

「社長、あの――」

「君が調べに行った〈忠犬ナナ公〉とも関係がある。しかも、君の得意の〈幽霊〉も出て来る！　どうだ、最高の取り合せだろう」

「ちっとも得意なんかじゃありません」

と、藍は言い返した。

「ともかく、こんないい話を逃す手はない。頼む、すぐ出社してくれ」

「あの、それが……」

藍はそろそろと戸口の方へと進んで行った。

「今日は用事で、とっても遠くにいるものですから……」

「遠く？　何時間でも待つ！」

と、筒見は張り切っている。

「申しわけありませんけど、凄《すご》く田舎《いなか》で、バスが一日に三本しかないんです。今日はもう帰れそうにないので……」

と、そっと出て行こうとすると、

「ただいま帰りました！」

と、ガイドの常田《つねた》エミが入って来たのである。「あ、藍さん、来てたんですか」

ガイドのきたえた声はよく通る。

藍が諦《あきら》めて振り向くと、筒見はニヤつきながら、

「町田君、君はジョークが上手いね」

と言った。

「社長。もったいないですから、電話切って下さい」

と、藍は言った。


「では、兄にお会いになったんですね」

と、その女性は言った。

「それじゃ――大沢先生の妹さんですか」

「はい、奥村咲江《おくむらさきえ》と申します」

五十歳になるかどうかというところだろう。少し疲れ、老けて見えるので、実際はもう少し若いのかもしれない。

「しかし、偶然というにはあまりに運命的じゃないか」

筒見はすっかり舞い上っている。「町田君が調べに行っている間に、正《まさ》にその関係者の方がこの〈すずめバス〉を訪ねて下さるとは！」

奥村咲江は、藍をまじまじと見て、

「あなたが、幽霊と話のできるというバスガイドさんですね」

と言った。

「話ができるといいましても……。いつも、ってわけじゃないんですよ」

と、藍は言ったが、ともかく相手の話を聞かない内は、解放されそうもないと悟《さと》っていた。

「私も、兄に同情しないわけじゃありません」

と、奥村咲江は言った。「兄は孤独な人です。学問一筋で、何の趣味もないような人……。でも、両親が早く亡くなったので、私にとっては親代りのような存在でした」

「とてもいい方ですね」

と、藍は言った。

「ええ、それはもう……。その兄が唯一、愛情を注いだのが、ナナでした」

「死んでしまったという……」

「ええ。とても穏やかな犬で、それはもう兄によくなついていました。私も、兄の所へ行くと、よくナナと遊んだものです」

咲江の顔に、ちょっと笑みが浮かんだが、すぐに消えた。「――ナナが死んで、兄は一気に十歳も年齢《とし》をとったようでした。もし永年連れ添った奥さんが亡くなったとしても、あれほど気落ちしないんじゃないかと思うほどです」

「はあ……」

藍にはよく分らなかった。

大沢の妹が、どうしてこんな小さなバス会社へやって来たのだろう？

「ですが兄は……」

と言いかけて、咲江は何度も首を振り、「おかしくなってしまいました。まさか――

あんなことになるなんて！」

咲江の表情が険《けわ》しくなる。

藍にもやっと少し分った。

「あの女の子のことですね。やはり〈ナナ〉という」

咲江は目を見開いて、

「お会いになったんですか」

「ええ、一緒でしたから、大沢さんと」

「それならお分りでしょう？　兄はもう五十四です。相手は十七歳の高校生。世間にど
う見られるか、察していただけるでしょう」

「まあ……大分年齢《とし》は違いますね」

「場合によっては、逮捕されかねません。そうなれば、大学教授のポストも失うでしょ

う」

「はあ。ご心配はごもっともですが、でも見たところ、援助交際ってわけではないようでしたけど」

「でも兄はあの子に夢中です。それは見ていてお分りになるでしょう？」

「ええ、それは確かに」

「あの子の親にでも知れたら、訴えられるでしょう。そうなってからでは手遅れです」

「でも、私にはどうすることも――」

「それは分っています。私が伺《うかが》ったのは、そういうお願いのためじゃないんです」

「では――」

「〈幽霊〉を見たんです」

と、咲江は言った。「死んだナナの」

藍も、これにはびっくりした。

「犬の幽霊ですか」

「ええ。笑われるかもしれないけど、本当です」

どう見ても、咲江は真剣そのものだ。

「いつ、ご覧になったんですか。その――ナナの幽霊を」

「三日ほど前です」

と、咲江は言った。「私、何度か兄を訪ねて行って、あの女の子と会うのをやめるように頼みましたが、兄は相手にしてくれません。——その日も兄を訪ねての帰りでした。雨が降っていて……。ナナがトラックにひかれて死んだのも、ちょうどそんな雨の日でした」

「どこでご覧になったんですか？」

「いつもの場所です。改札口を出て、正面の道の向い側」

「犬なら似たのもいますよ」

「でも、あれはナナです。哀《かな》しそうな目で、じっと私を見ていました」

と、咲江は言って、「もちろん、私の思い違い、見間違いだと笑われるかもしれませんが……」

「いや、とんでもない！」

と、筒見が即座に言った。「よく分りますよ。死んだ後も主人を思う、哀れなナナの心情！　それが幽霊になって現われることは、充分に理解できます。そうだろう、町田君？」

藍を見る筒見の目は、「同意しないのならクビだ！」と言っていた。

「まあ——そうですね」

「きっと、ここの方なら分って下さると思っていましたわ！」

と、咲江はホッとした表情で、「ぜひお力をお借りして、兄に目を覚ましてもらいたいんです」

「私にどうしろと？」

「ナナの幽霊を呼び出してほしいんです。あなたなら、きっとできます」

藍は困惑した。こういう考え違いをされるのが一番困る。

「あの——私は霊媒《れいばい》じゃないんです。特定の霊を呼び出すことはできません」

しかし、藍の言葉をはね飛ばしそうな勢いで、

「そんなこと、やってみなけりゃ分らないじゃないか！」

と、筒見が割って入った。「奥さん、そちらのご希望はよく分りました。しかし、我々もビジネスとして、観光のツアーを実施しているわけでして、この町田も我々と専属契約を結んでおります」

専属契約？　タレントなの、私？

「従って、お力になれるのは嬉しいのですが、同時に、〈忠犬ナナ公〉の幽霊が出現するのを見に行くツアーというのを、ぜひ組ませていただきたいのです」

「それはよく分ります」

——話は、筒見と奥村咲江の間でさっさと進んで行き、藍はその傍《そば》で座っているだけ、という状況だった。

そこへ、

「――咲江。ここだったんだな、やっぱり」

背広姿の、細身の男性が立っていた。

「あなた……」

咲江が目を見開いて、「どうしてここが分ったの？」

「お前がここのバスガイドさんの記事を切り抜いてるのを見ていたからさ。――夫の奥村建夫《たけお》です」

と、その男性はやって来ると、「咲江のお願いしたことは、忘れて下さい」

「あなた！」

「咲江。義兄《にい》さんにだって恋をする自由はあるんだ」

「それはそうよ。でも相手は高校生よ」

「分ってる。――義兄さんは子供じゃない。分別をわきまえた大人なんだ。我々が口を出すことじゃない」

「いやいや、ご主人。奥さんのお話は、そういうことではありません」

と、筒見が間に入って、「奥さんは、死んだ犬の幽霊を、ぜひ我々に見てほしい、とおっしゃって……」

「咲江。お前、そんな話までしたのか」

奥村はため息をついた。「そんな馬鹿《ばか》げたことが――」

「いや、決して『馬鹿げたこと』ではありません」

筒見が代りに答えている。「現に、この町田君は世界的にも有名な、〈幽霊と話のできるバスガイド〉でして」

聞いていた藍は、早くこの場から逃げ出したくて仕方なかった……。

4　雨

家を出ようとしたとき、ケータイが鳴った。

大沢はポケットからケータイを取り出した。

誰からかは分っている。大沢がケータイを持っていることを知っているのは、ナナだけだから。

「――もしもし」

「先生、ごめんね、こんな時間に」

「いや、構わないよ」

いつでも、ナナの声を聞くのは無上の喜びだった。

「もうお家《うち》を出た？」

「今玄関さ。大丈夫。時間は充分余裕があるんだ」

「あのね、今日少し帰りが遅くなりそうなの。いつもの所で待ってられないかもしれない」

「そうか。――じゃ、無理をしないで」

「でも、先生に会わないと、一日が終らないんだ。どこかで待っててくれる？」

「いいとも。何時間でも本を読みながら待ってるよ」

「一時間くらいだと思う。じゃ、いつもの甘いもの屋さんで」

「分った。待ってるよ」

――大沢は、朝からナナの声を聞いて、この上なく幸せな気分になった。

ケータイをポケットへしまい、玄関を出ると、ショルダーバッグをさげたスーツ姿の女性が立っていた。

「――やあ、あなたはこの間の」

「町田藍です」

と微笑んで、「ちょっとお話ししたいことがあって。少しお時間をいただけませんか」

「いいですとも。何しろ、あなたはナナの命の恩人だ」

「あんまり買いかぶらないで下さい。その内、私のこと、叩《たた》き出したくなるかもしれませんから」

「どうぞ入って下さい。私はもっと遅く出ても間に合います」

大沢は、家の中へ戻って、藍を居間へ通した。

「いいお家ですね」

ずいぶん古い日本家屋である。庭も、あまり手入れはされていないが、広い。

「親の遺《のこ》してくれた家でしてね」

と、大沢は言った。「時にお話というのは？」

「実は……」

――藍は、気が重かったが、名刺を出して自分の立場を説明した。

「週刊誌か何かで読んだことがあります。あなたが……」

「あなたの愛犬だったナナのことを訊くつもりで行ったんです。――でも、死んだと聞いて……」

「私の一番大切な友でした」

と、大沢は言った。「雨に打たれて、息も絶え絶えになりながら、じっと私を見上げていた。あのナナの目は忘れられません」

「お寂しかったでしょうね」

「確かに。――もう一人の〈ナナ〉が現われるまでは」

「あの子ですね」

「そうです。私は生き返った。本当に、それまでは半分死んでいるのも同じだったのです」

「大沢さん。実は――」

と、藍はちょっと口ごもりながら、「私の勤め先に、妹さんがみえたんです」

「妹が？　咲江が伺ったんですか？」

大沢は面食らっている様子だった。

藍が、咲江の話と、その結果について話をすると、大沢は当惑した様子で、

「咲江がそんなことを……。まあ、確かに、矢崎ナナと付合っていることで、咲江にあれこれ訊かれたことはあります」

と、大沢は肯いて、「しかし、そう考えていたとは……。私の方も驚きですよ」

「ナナの――その、犬の方のナナの幽霊を見たという話ですが、どう思われます？」

「さて……。私はどうもその方面の話に弱いのですがね。しかし、もしナナが化けて出るなら、まず私の所へ出るだろうと思います。――咲江が見たのは、たぶんよく似た他《ほか》の犬でしょう」

大沢の話は納得のいくものだった。

「――ですが、大沢さん。私は社の命令で、〈忠犬ナナ公の幽霊ツアー〉を担当しなくちゃならないんです。気を悪くされるでしょうけど」

「ご苦労ですね。そう注文通りに出てくれるかどうか」

「それは構わないんです。この手のツアーに参加する方は、おなじみの顔ぶれで、霊なんてそううまい具合に出ちゃくれない、って分ってる人たちですから」

と、藍は言った。「ただ——あの駅前に行くと、大沢さんが矢崎ナナちゃんと会うところへ行きあわせることになるかもしれないので」

「今日は、あの子、一時間ほど遅れて来ると言っていました」

「それなら大丈夫ですね。ただ——どうなんでしょう。大沢さん、あのナナちゃんのことを、どう思われているんですか」

「ああ……。分りました」

大沢は肯いて、「世間の目には、ずいぶん奇妙なカップルかもしれません。しかし、誓って、あの子との間には、何もありません！」

「私は信じます。でも、信じない人がいてもおかしくありません」

「町田さん——でしたか。どうかお願いです。矢崎ナナと、これで会えなくなるようなことにだけはしないで下さい」

大沢は頭を下げた。

「大したことはできませんが……。大沢さんがお帰りになる時間に合わせて、バスが待っていることになるでしょう。ナナちゃんには、もっと時間をずらして来るように言って下さい」

藍としては、そう言うのが精一杯だ。

藍が大沢の家を出て、空を見上げると、さっきまで晴れ上っていたのに、今は灰色の雲が出始めている。

「——雨になるかもしれませんね」

と、大沢が玄関を出て来て言った。

「ええ……」

「あの子との出会いも、雨のおかげでした」

大沢の言葉に、藍は振り返って、

「犬のナナが死んだときも雨だったとか」

「ええ、そうです」

大沢は空を見上げて、「今日も何か起るんだろうか」

と、不安げに呟いた。

5　囁《ささや》き

「何か起りそうな空模様じゃないか」

と、ワクワクしているのは、〈幽霊ツアー〉の常連客の一人。

バスが出発するころから、すでに空は異様なほどに真暗になり、風はただならぬ気配を秘めていた。

ハンドルを握っているのは〈すずめバス〉に不似合な美形ドライバー、君原《きみはら》である。

「――降り出したら、どしゃ降りになるぜ」

と、藍に小声で言った。

「傘は用意してあるわ」

「あのオンボロ？　雨洩《あまも》りする傘なんて、聞いたことないぜ」

「いくら言っても買い替えてくれないんだもの、社長」

藍は気が重かった。

もともとが、大して根拠のない話だし、たとえ出たとしても犬の幽霊では……。

しかし、この手のツアーが久しぶりということもあって、〈すずめバス〉としては画期的な参加者数だった。

「――ね、藍さん」

セーラー服の少女が前の方へやって来た。

このツアーの常連の一人、遠藤真由美《えんどうまゆみ》。十七歳の高校生である。

可愛い顔立ちのせいもあって、常連たちのアイドルになっている。

「真由美ちゃん、犬は好きなの？」

「私はどっちかって言うと〈猫派〉なの。でも幽霊となれば、話は別よ」

妙な趣味の女の子である。

「——ね、あの人、誰？」

真由美が小声で訊く。

その視線の先は、奥の方の席で一人、無言で座っている奥村咲江だった。

「あの方が今回の情報源」

「へえ。霊感ありそうに見えないね」

真由美にそう言われて、藍はちょっとドキッとした。

藍もそう感じていたので、咲江がナナの幽霊を見たという話を、信じられなかったのである。やはり、同じ種類の似た犬を見ただけではないのだろうか。

「今日は出そう？」

と、真由美に訊かれ、

「何とも言えないわ」

と、藍は正直に言った。「あなたみたいな女の子は出るかも、しれないけどね」

——目指す駅に近付くころには、雨が窓を叩き始めた。広いフロントガラスを、大型のワイパーが行き来する。

時々空に閃光《せんこう》が走り、雷鳴が轟《とどろ》く。

「舞台効果満点だな」

と、君原が言った。

「その先が駅だわ。――屋根の出ている所で停《と》められる？」

「大丈夫か？　駅員に文句言われないか」

「急いで降りてもらう」

やがて駅前にバスが着くと、藍はビニール傘をさし、降り口の外に立った。

乗客が素早く降りて、バスは先へ進んで行く。

「――皆さん、こちらへ。濡れない所に入っていて下さい」

藍は、とりあえず〈犬のナナ〉について、簡単に説明した。

「――ナナはいつもあそこで飼主である大学教授を待っていたそうです」

と、道の向い側を指す。

「こんな日だったわ」

と、咲江が落ちつかない様子で言った。「ナナが死んだのも。またナナを見たのも」

稲妻が走り、足下《あしもと》を揺がすような雷鳴が轟いた。雨足がひときわ強くなる。

辺りは、まだ夜になるには早い時間にもかかわらず、空一杯に暗幕を広げたような暗さ。

電車が着くと、降りて来た人々は雨の中へと駆け出して行く。

「この電車で、たいてい兄は帰って来ていたんです」

と、咲江は言った。「のんびりした人ですから、きっと最後に降りて来ると思います」

大沢は藍たちが待っていると知っている。

あえてこの電車に乗ってくるだろうか。

だが、藍が正にそう思ったとき、改札口を大沢が出て来るのが見えた。

大沢は藍たちの方を見て、咲江がいるのに気付くと、足早にやって来た。

「お兄さん――」

「ご苦労だな」

と、大沢は少し冷ややかに言った。「ナナは出たか？」

「私はそんなこと、どうでもいいの。お願いよ、あの子と別れてちょうだい」

と、咲江が言った。

「そのことはもう話した。干渉しないでくれ」

「そうはいかないわ。お兄さんは――」

「犬だわ」

と、真由美が言って、一瞬誰もが立ちすくんだ。

稲妻が辺りを照らす。

そして藍も見た。――確かに道の向い側に一匹の犬がいた。

「血で汚れてる」

と、真由美が言った。

「ナナ……」

大沢も愕然《がくぜん》として見つめていた。

「まあ、やっぱり……」

「ナナだ。――ナナ！」

大沢が手にしていた傘を取り落とす。そして鞄をそこへ投げ出すと、激しい雨の中へと、足を進めた。

その犬は、じっと身じろぎもしない。

そのとき、路面の水を左右へはね上げながらトラックが走って来た。

激しい雨音が、トラックの爆音をかき消している。

「ナナ！」

大沢が雨に打たれながら、道へ出て行く。

「危い！」

藍は叫んだ。

まさか大沢がそんな状態になるとは思わなかったのだ。駆け出したが、距離がありすぎた。

大沢へとトラックが突き進む。クラクションの音を雷鳴がかき消した。

そのとき、

「先生！」

ブレザーの少女が改札口から飛び出して来ると、大沢に向って一直線に突っ走った。

少女が大沢へ抱きつくと、道へ転がる。次の瞬間、藍の前をトラックが駆け抜け、二人の姿は見えなくなった。

「大沢さん！」

藍は叫んだ。

トラックが走り去り、雨音が再び辺りを包んだ。

路面から、大沢と矢崎ナナが起き上った。

「良かった！」

藍は駆け寄って、大沢の手を取って立たせると、「おけがは？」

「何ともない……。ナナは……」

大沢の目は、あの犬のいた場所へと向けられた。

もう犬の姿は見えなくなっていた。

「先生」

と、少女が言った。「ナナはここにいるわ」

「ああ……。そうだった。――助けてくれてありがとう」

「早く出られたの、良かったわ」

咲江がやって来ると、

「まあ、無事で良かったわ」

と言った。

「そうですか？」

と、藍は振り向くと、雨の中、足早にそばに駐車していたライトバンへと歩いて行った。

そして、ドアを開けると、

「奥村さん。後ろに積んであるものを見せて下さい」

「何だ、君は！」

ハンドルを握った奥村が怒鳴った。「失礼じゃないか！」

「そうですか？」

藍は、後ろのスライド式のドアを開けると、そこにいた犬を抱えて、「――これがナナですね」

と、大沢の方へ見せた。

「——ナナ！」

それは犬の剝製《はくせい》だった。

大沢は咲江の方へ、

「どういうことだ！　ナナは火葬にしたと言ったじゃないか！」

「これが幽霊の正体です」

と、藍は言った。「稲妻が光っても、雷鳴がしても、びくとも動かないので、おかしいと思ったんです。——大沢さんがうまく車にひかれるかどうかは分らなかったにしても、これで矢崎ナナちゃんとの間がうまくいかなくなると期待してたんですわ」

大沢は呆然《ぼうぜん》として、

「どうして、そんなことを……」

「とても現実的なことじゃないかと思いますよ。大沢さんが死ねば、妹さんが遺産を受け取るわけでしょう」

「財産なんか、私にはありませんよ」

「大沢さん。土地は立派な財産です。あれだけの広さがあれば」

「土地？——そうか。咲江がいつか、あの土地を担保にしてお金を借りたいと言ったことがある」

「お兄さんは分ってくれないじゃないの！」

と、咲江が叫ぶように言った。「うちは大変なのよ！　お兄さんのように浮世離れした暮しをしてる人には分らないでしょうけどね！」

「咲江……」

「しかも、あんな女の子にうつつを抜かして！　どうせ、おこづかいをやったり、何か買ってやったりしてるんでしょう」

「それは思い違いだ。あの子にはお金など使っていない」

「こんな細工までして」

と、藍は、ナナの剝製を下へ置いて、「もし、大沢さんがトラックにひかれていたら、これは殺人ですよ」

奥村は青ざめた顔で、咲江を促《うなが》すと、ライトバンに乗り込み、走り去った。

「——可哀《かわい》そうに」

大沢はナナの剝製を抱え上げ、「持って帰ってやろう。町田さん、ありがとう」

「いいえ。……濡れて風邪をひかないで下さい」

雨が不意にピタリと止んで、黒い雲が切れた。

「やあ……。夕日が……」

赤い夕日が辺りに射《さ》した。

「——先生」

矢崎ナナがやって来て、大沢の腕を取った。

「ナナ。――鞄を持って来てくれるか」

「うん」

ナナが駆けて行って、大沢の鞄と傘を取って来た。

「さあ、行こう」

大沢は穏やかな笑顔で言った。

並んで行きかけた二人だったが、急にナナが戻ってくると、

「藍さん、ちょっと」

と手招きして、藍の耳に囁きかけた。

――藍は我に返ると、ツアーの客の方へ戻って行った。

「ご覧の通りです。何も出なくて申しわけありません」

と詫《わ》びると、

「いや、面白い場面を見せてもらったよ」

「本当だ」

と、声が上る。

「じゃ、バスまで少し歩いていただけますか？」

真由美が藍のそばへ来ると、

「あの子、私と同じ十七？　でも、私もあんな人となら付合ってみたい」

「その前に、もうちょっと色っぽくなったら？」

「まあ、失礼ね！」

と、ふくれて見せ、真由美は大笑いした。

藍は振り返った。

大沢とナナの後ろ姿が小さく見えている。

——今日のツアーの客は、ちゃんと見ていたのだ。幽霊を。

ナナは、藍の耳に囁いたのである。

「私、あの犬が幽霊じゃない、って分ってたの。だって、私がナナの幽霊なんだもの」

と……。

哀しみの終着駅

1　ホーム

「いくら、近くの駅ならどこでもいい、ったって……」

グチを言っても、もうタクシーは走り去ってしまっていた。

「仕方ないわよ」

と、清原妙子《きよはらたえこ》がなだめて、「もう降りちゃったんだもの」

「うん……」

安井《やすい》は駅の周囲を見回して、「それにしても、何もない駅だな、本当に！」

「でも、まだ電車はあるでしょ。この時間だもの」

「そうだな……」

夜、十時を少し過ぎている。

むろん、都心なら食事するにも、一杯やるにも、こんな時間なら店はいくらも開いている。しかし、これほど郊外まで来てしまうと……。

「立ってても仕方ないわ」

と、清原妙子が言った。「中へ入りましょう」

「電車がすぐあるといいね」

駅員の姿も全く見えない。改札口も無人で、むろん自動改札などというシステムは備えていなかった。

安井は、大分色あせた時刻表を見付けて、腕時計を見ると、

「――ああ、あと十分で来るよ、上りが」

「良かった。あんまり待たなくてすむわね」

正直なところ、安井は待ちたかった。

少しでも時間があれば、妙子の気が変るのではないかと思っていたのだ。

そう。――まさか、今夜がこんな終り方になるとは、思ってもいなかった。

「切符買うわ」

と、妙子は財布を取り出した。

券売機も、大分昔のタイプだ。

二人は切符を買って、改札口を通過し、駅のプラットホームへ出た。

「風が冷たいわね、この辺は」

と、妙子が言った。

本当なら――安井のプランの通りなら、今ごろは郊外の湖畔のホテルで、身を寄せ合

ってベッドに入っているはずだった。

しかし、食事を終えてコーヒーを飲んでいるとき、妙子が、

「あのね、話さなきゃいけないことがあるの……」

と切り出した。

振られる、という経験は、安井にとってこれが初めてというわけではない。しかし、たいていは、何となくうまくいかなくなり、会うのが間遠《まどお》になって、自然消滅のように別れるというパターン。

こんな風に、相手からはっきりと、

「今日で最後にしたい」

と言われるのは珍しい。

それだけに、安井はまだ妙子の話を半信半疑で聞いていた。

今だけの気紛《きまぐ》れで、またそのうち気が変るかもしれない、と……。

しかし、ともかく今日は、せっかく予約しておいたホテルもキャンセル。そして、湖畔のレストランからタクシーに乗って、

「どこでも近くの駅」

と、半ばやけ気味に言ったら、こんな何もない駅で降ろされたというわけである。

「——まあ、面白い名前の駅ね」

ホームへ出て、初めて駅名を見た。

ひらがなで、〈しゅうちゃく〉とある。漢字の表記はなかった。

「〈しゅうちゃく〉か……」

と呟《つぶや》いた妙子は、ふと笑顔になって、「あら。――本当に〈終着駅〉だわ」

「ああ。――なるほど」

安井としては、あまり面白がって笑うというわけにはいかない。

「どういう意味なのかしらね」

と、妙子は言った。

別れ話の後の気まずさに、ちょうどいい話題が見付かったということなのだろう。

――プラットホームには、他《ほか》に誰《だれ》もいなかった。

電車はあと七、八分で来るはずだが、まだむろん姿も音もない。

「じゃあ……君、結婚するんだね」

と、安井は言った。

「――さっき言った通りよ」

と、妙子は言った。「許してね」

「それは――仕方ないな」

妙子が見合をしたということは、安井も知っていた。

といって、「結婚するな」と言えば、それが自分を縛るような気がして、言えなかった。

安井としては、妙子を失うのは惜しいが、といって妙子と結婚する決心はつかないという心理状況であった。

「あなたのこと、忘れないわ」

と、妙子は穏やかに言った。「あなたと会うのは楽しかった」

安井は、何とも言いようがなく、遠い線路の奥を眺めていた。

すると——プラットホームの一番端に、誰かが立っているのが目に入った。

今まで、ホームには二人きりだと思っていたのに……。一体いつからあそこにいるのだろう？

それは、暗い中のことで、はっきりとは分らなかったが、若い女のように見えた。

黒っぽいコートをはおり、顔は向うの方へ向いていて、見えない。

その女の立ち姿からは、深い寂しさのようなものがにじみ出ているようだった。

「——安井さん、どうしたの？」

と、妙子がふしぎそうに訊《き》く。

「あの女を見てるんだ」

「女？」

妙子がいぶかしげに、「女って、何のこと?」

そのとき、遠くの闇《やみ》の中に、電車の明りが見えた。妙子はホッとした様子で、

「来たわ。あんまり待たなくてすんだわね」

安井が妙子の方を振り向いた。

安井の目に、ぎらぎらと狂気が光っていた。

「妙子! 君を誰にも渡さないぞ!」

と言うなり、安井は突然両手を妙子の首にかけた。

「安井さん、やめて! 何するの……」

安井の指先に、ぐいぐい力が入る。

妙子は必死で安井の手を引き離そうとしたが、力及ばず、次第に体の力が抜けて行った。

電車が入って来る。――車両が二人の前を通って行くとき、妙子の体は崩れ落ちた。

「これでいいんだ……」

と、安井は呟いた。「これで、君は、もう他の男の所へは行かない」

これでいいんだ。――これでいい。

安井は何度も肯《うなず》いていた。

異変に気付いた車掌が駆けて来た。

「おい！　この人をどうしたんだ！」

「見れば分るだろ」

と、安井はからかうように言った。「俺《おれ》が殺したんだ」

安井は振り返った。

ホームの端に、あの女の姿はもう見えなかった。

2　名案

「お疲れさまでした」

バスが営業所に着くと、町田藍はドライバーの君原に声をかけた。

「疲れたのは君の方だろ」

と、君原が立ち上って、「僕は運転してるだけだからいいけどさ」

「まあね」

と、町田藍は言った。「社長がまたこんな企画を立てたら、辞表出すか、〈すずめバス〉に火をつけてやる」

――町田藍は今年二十八歳のバスガイド。かつては業界最大手の〈はと〉の方にいたのだが、リストラされ、どうしてもバスガイドを続けたい、と今の弱小企業〈すずめバス〉に入った。

人手も少なく、バスも古く、まともにやっていてはアッという間に倒産する。

社長の筒見がひねり出す奇抜なアイデアのツアーで、何とかやっていけているのは確かだが……。

「――町田君！」

当の筒見社長が、待ちかねたように営業所――本社を兼ねている――から飛び出して来た。

「社長――」

「入ってくれ！　君の帰りを待っとったんだ！」

大体、筒見が愛想よく話しかけてくるときは、ろくな話じゃない。

「社長、もうこの〈格安墓地めぐりツアー〉は二度とごめんです」

と、藍は言った。

「まあ、老人の世話は大変だったろうな」

「それはいいんです。初めから覚悟してましたから。でも、付添っている息子や孫の冷たいこと！『もっと安くならないのか！』とか私に文句言われても……。お年寄りの中には『そんなに俺のために金を出すのがいやなのか』と泣き出す人もいて、『俺が死んだら、道路へでも放《ほう》り出しといてくれ』と……。それを聞いて、もらい泣きする人が続出したんです。やり切れませんよ」

「なるほど」

筒見はむつかしい顔で肯いて、「そこまでは考えなかったな」

「もうやめましょう、この手のツアーは」

「分った。――いや、今日の話はそんな辛《つら》いものじゃない」

「何ですか、一体？」

藍は不信の念を隠そうとせずに言った。

「――これだ」

筒見が、白紙に大きな文字で書いたポスター（？）を取り上げて藍に見せた。

〈美しい別れが新しい旅立ちをもたらす！――「愛の終着駅」ツアー！〉

「何ですか、これ？」

と、藍は面食らって言った。

「知らんのか？　この記事だ」

筒見は、週刊誌のページを開いて、藍の前に置いた。

藍はそれを取り上げて読んだ。

〈三角関係の果て！　悲劇の「しゅうちゃく駅」の血ぬられた結末！〉

大げさなタイトルが、見開きページのほとんど半分近くを占めている。

要するに、「別れ話」を女に持ち出された男が、逆上して駅のホームで女を絞殺した、という事件。犯人はその場で車掌に取り押えられているし、悲劇には違いないが、そう珍しい話でもない。

「三角関係」というのは、女が見合をして結婚する予定だったというだけのこと。

この話のオチは、犯行のあったのが〈しゅうちゃく〉という駅だったことで、これこそ二人の〈終着駅〉だったというわけだ。

「――これがどういうツアーになるんですか？」

藍にはさっぱり分らなかった。

社長の筒見は、これまでにもアイデアに詰ると、霊感が強く、幽霊とよく出会う藍の体質を利用して、あれこれツアーをひねり出して来た。

しかし今回は――。

「君の嫌いな〈幽霊とデート〉というツアーじゃない。この駅へ、別れたがってるカップルを連れて行くんだ。名前も〈愛の終着駅〉。ここのプラットホームで、それぞれに新しい出発をするイベントをやる」

「社長――」

「何だ？」

「お言葉ですが、両方が別れたがっていれば何もしなくても勝手に別れればいいわけで、一方だけが別れたがってたら、二人でこんなツアーに参加するわけありません」

藍は、正《まさ》に論理的な意見を述べたのである。

しかし筒見は、

「人間、理屈じゃない。今どきの若い奴《やつ》の中には、こういうのを喜ぶ変な奴らも大勢いるかもしれん」

と言った。「君、何なら新しい幽霊を見付けて来てくれるか？」

「それは……」

「だったら、このツアーをやるんだ！　このオフィスの電気代が払えるかどうかの瀬戸《せと》際《ぎわ》なんだ！」

筒見の話は、突然現実的になった。


結局――〈「愛の終着駅」ツアー〉を引き受けさせられた藍が、やっと私服に着替えて帰ろうとすると、

「町田さん」

と、営業所のすぐ前で呼び止められた。

「あら、真由美さん、どうしたの？」

待っていたのは、〈幽霊ツアー〉の常連で、いつもセーラー服の女子高校生、遠藤真

由美だった。

「ごめんなさい。お仕事時間じゃないのに」

と、真由美はおずおずと言った。「どうしても会ってお願いしたいことがあって」

「何なの？　そんな遠慮しないで。お友だちじゃないの」

藍の言葉に、真由美はホッとした様子で微笑《ほほえ》むと、

「そう言ってくれるって信じてた！　あのね、私の友だちの話を聞いてほしいの」

「私が？　何か私で役に立てるのかしら」

「きっとそうだと思うの。——お時間、ある？」

「デートが三件控えてるけど、他ならぬ真由美ちゃんのためだ。キャンセルするわ」

と、藍は言った……。

——近くの喫茶店で待っていたのは、真由美と違ってブレザーの制服を着た少女だった。

「私と小学校が一緒だったの。安井ルミ」

と、真由美が紹介した。

「初めまして」

安井ルミは、大分緊張した面持《おもも》ちだった。

藍は、〈安井〉という姓を、どこかで聞いたという気がした。

「——私にお話って？」

「この記事、読んでみていただけますか」

安井ルミが学生鞄《かばん》から取り出したコピーを一目見て、藍はギョッとした。

それは、ついさっき筒見が見せた週刊誌の記事、そのものだった。

そして、藍は思い出した。〈安井〉というのは、〈しゅうちゃく駅〉で女を絞め殺した男の名だ。

「その記事なら読んだわ」

と、藍は言った。

「ほらね」

と、真由美が安井ルミへ言った。「きっと何かあると思ってた」

「どういうこと？」

「あの——私、この事件の犯人、安井一《はじめ》の従妹《いとこ》なんです」

と、ルミは言った。

「まあ、そうだったの」

「この人——一さんとは、小さいころから仲が良くて、年齢は十歳以上離れてますけど、兄妹《きょうだい》みたいに育って来ました」

と、ルミは続けた。「一さんがこんなことするなんて、信じられないんですけど……。

犯行そのものは、一さんも認めてます」

「そのようね」

「殺された清原妙子さんとも、私、会ったことがありました」

「それで？」

「あの——報道されてませんけど、一さん、妙子さんを殺すつもりなんか、全くなかったんです。とてもふしぎなことがあって……」

「ふしぎなこと？」

「プラットホームの端に、女の人が立っていた、って言うんです」

安井ルミの話を黙って聞いていた藍は、そのプラットホームの端にたたずむ女の姿が目に見えるような気持になった。

これはむろん「霊感」というものではないが、しかしどこか遠くで、「霊」の呼ぶ声のかすかなこだまが聞こえているかのようだったのである。

「——確かに、一さんは女の人との付合い方に少しいい加減なところがあるんです」

と、ルミは言った。「ちょっと頼りなさそうに見えるし、調子はいいけど、どこまで本気か分らない、って人で」

「分るわ」

と、藍は肯いた。

「でも、根はとてもやさしい人なんです。人殺しなんかするような人じゃありません」

ルミは必死で訴えるように言って、「でも、もちろん……妙子さんを殺したのは事実ですけど」

「でも殺す気はなかった、というのね」

「はい」

と、ルミは強く肯いた。「妙子さんから結婚すると聞いて、がっかりはしたそうですけど、一さん当人が、まだしばらくは結婚なんかしたくないんですから、諦《あきら》めるつもりだったんです。それが――」

「ホームの端に立つ女を見たら、とたんに妙子さんを手離したくなくなって……」

「気が付いたら、妙子さんが足下《あしもと》に倒れていたそうです。首を絞めている間のことは何も憶《おぼ》えていないって――。もちろん、そんな話、刑事さんは頭から信じてくれないそうですけど、私には一さんが嘘《うそ》をついてないことはよく分るんです」

藍は、もう一度その記事のコピーを見た。

「藍さん」

と、真由美が身をのり出して、「これって、藍さんの〈得意分野〉だと思うの。お願い、力になってあげて」

藍は少し黙っていたが、

「実はね」

と、口を開いた。

3　過去

「ここか……」

——今にも降り出しそうな曇天《どんてん》の空。

秋はひんやりと冷たく、ますますその駅舎を侘《わび》しいものに見せていた。

確かに、駅舎の入口の上にかかった、消えかけた看板には〈しゅうちゃく駅〉とある。

「妙な名をつけたものね」

藍は、気が進まないながら、駅舎の中へと入って行った。

——〈「愛の終着駅」ツアー〉は、「参加者が少な過ぎて成立しない」という藍のひそかな願いをまるで無視して、人気ツアーになってしまう気配だった。

「全く……。今どきの恋人たちって、何を考えてるんだか」

と、藍は思わず呟いたものだ。

その一方で、このツアーの話を聞いて、泣いて喜んでいた安井ルミのことがある。

ルミの望むように、安井一に「殺意」がなかったことを立証することは容易ではない。

警察が、藍のような能力の持主を信じるわけがないのである。

しかし、結果はともかく、今の藍はルミのために精一杯のことはしてやらなくてはならない立場にいた……。

「——誰もいないのね」

昼間だというのに、駅には一人の駅員もいない。

駅舎といっても小さなもので、プラットホームにはほとんど屋根もなかった。

——藍は休みの日の今日、

「下見して来ます」

と、筒見に言って、交通費を出させることに成功した。

事実、初めての場所に、いきなり客を連れてはいけない。

ホームに立って、藍は左右へ目をやった。

線路は、濃いもやの中へと消えて、まるでどこか違う世界へ行ってしまいそうだ。

安井ルミから聞いた話の通りにホームに立つ。

「あっちの端ね」

安井一が目にしたという黒いコートの女。その女が立っていたという、ホームのほとんど端の辺りへ来て、藍は足を止めた。

何かが聞こえる。

声のようでもあり、何かの鳴き声のようでもあった。——しかし、現実の声ではなかった。

現実と薄い膜一枚隔てたところから聞こえてくるような、耳にでなく、直接頭の中へと伝わってくるような声だ。

藍はじっと目を閉じて、その声に耳を澄ました。

その「言葉にならない声」の中から、何かを聞き取ろうとする。

すると、それに混じって、電車の近付いてくる音がした。——それは徐々に大きくなってくる。

しかし、ふしぎなことに、段々大きくなる電車の音は、藍の頭の中に聞こえる「声」を少しもかき消しはしなかったのである。

もう少し。——もう少しで聞き取れる。

藍は目を閉じたまま、一心にその「声」に耳を傾けた……。

「危い！」

突然、頭の中で叫ぶ声がした。

藍がハッと目を開けると、電車は正にホームへ入ろうとしているところで、同時に藍は背後に誰かの気配を感じた。

振り向こうとして体をねじった瞬間、誰かの手が藍の背中を押した。

体が半ば後ろを向きかけていたので、その手は背中をかすめる格好になった。

それでも藍の体はバランスを失って、よろけた。電車の前へ転落するかと思ったが、そのとき足が滑って藍の体はホームの上で転倒した。

命拾いだった。電車の前へ落ちていれば、間違いなくひかれて死んでいたに違いない。

やっと体を起こしたとき、藍を突き飛ばそうとした人間は、駅から走り出てしまって、足音だけが遠ざかって行った。

藍は思わず、

「びっくりした！」

と、口に出して言った。

しかし、「びっくり」どころではない。危うく死ぬところだったのだ。

今さらのように危険が実感されて、藍は立ち上ることができなかった。

その間に、電車はホームの少し先へ行って停《とま》り、扉が開いた。

電車から降りたのは一人だけ。――背広姿のサラリーマンだった。

改札口の方へ行きかけて、その男はホームの端で倒れている藍に気付くと、息をのんだ。そして、手にしていた鞄を投げ出し、藍の方へと駆けて来た。

藍は顔を上げて、

「ごめんなさい、手を貸して下さい」

と言った。

男は、なぜか大きく息をつくと、

「――違ってた！」

と言った。

「え？」

「いや、いいんです。――大丈夫ですか？　けがは？」

「いえ、別に……」

と、藍は立ち上って、ちょっと顔をしかめた。

「膝《ひざ》をすりむいてますよ。手当てをしないと」

と、男は言った。「この駅は無人駅なので、駅員がいません」

「大した傷じゃありませんから」

「いや、放っておいては……。僕の家へ行った方が近い」

「でも――」

「構いませんよ。母と二人暮しなので。さあ、肩につかまって下さい」

藍は、言われるままに、その男の肩につかまって歩き出した。

しかし――危うく突き落とされかけたとき、頭の中で、

「危い！」

と叫んでくれたのは誰だったのだろう？

女性の声には違いなかったのだが……。


「——また、帰ったらよく消毒して下さい」

と、北村《きたむら》は言った。

「本当にお手数かけて」

藍は礼を言って、「ずっとこちらにお住いですか」

「ええ。——母ももう戻るでしょう」

北村邦広《くにひろ》というその男は、四十歳くらいか、ごく普通の会社員という印象だ。

駅から歩いて五分ほどの、古びた住宅に住んでいた。

北村はまめなタイプなのか、手早く紅茶をいれてくれた。

「——恐れ入ります」

と、藍は言った。「北村さん……。一つお伺《うかが》いしても？」

「僕もお伺いしたいことがあります」

「何となく分ります。私がどうしてあんな所で倒れていたか、ですね」

「ええ、その通りです」

「誰かに突き落とされかけたんです」

北村の顔色が変った。藍は続けて、

「私が伺いたいのは、私を見たとき、あなたがどうして『違ってた！』とおっしゃったのかです」

「それは……」

と、北村がためらう。

「誰かが、あそこで亡くなったのでは？」

「――どうして分るんです？」

「私、そういうことを感じる性質《たち》なんです。あの場所には、誰か女の人の『気持』が残っていました」

北村はじっと藍を見て、

「あなたは、もしかして――バスガイドさんですか。幽霊を見るという……」

「はい。〈すずめバス〉の町田藍です」

「そうでしたか！　週刊誌でいつか読んで、憶えていたんです」

北村は肯いて、「もしあなたが、本当にあのホームで何かを感じられたとしたら……。それは僕の婚約者です」

「その方は――亡くなったんですか」

「ええ。殺されたんです。あのホームのあの場所で」

北村は目を伏せて、「もう……七年前のことになります」

「犯人は捕まってないんですね」

「ええ。――彼女の名は早野照子《はやのてるこ》といいました。あのとき、二十八歳でした」

と、北村は言った。「僕と照子は、その一か月後に結婚することになっていました。しかし、照子には、僕以外に付合っていた男性がいたらしいのです。彼女はその男に別れ話を切り出し――あのホームの、あの場所で殺されたのです」

「なぜあの場所で？」

「それが分らないのです」

と、北村は首を振って、「駅は無人ですし、いつでも入れますが、とっくに電車がなくなっていた時間に、なぜあんな所で会っていたのか……。確かに人目につかない場所ではありますが」

「こんなことをお伺いして申しわけないんですけど――。照子さんはどんなやり方で殺されたんでしょうか」

「絞殺です。――冬の日でした。黒いコートを着た照子が、朝早く、一番電車に乗ろうとやって来た人に発見されました。どんなに寒い思いをしただろうと思うと……」

北村は声を詰らせた。

「ついこの間、あの駅のホームであった事件のことはご存じですね」

「もちろん。七年前の事件を思い出してゾッとしたものです」

北村はふと気付いた様子で、「まさか——照子の件が何か係《かかわ》っていると?」

そのとき、玄関に物音がして、

「ただいま」

と、髪の白くなった老婦人が入って来た。

「母さん。——こちらは町田さんといって……」

藍は、その老婦人の目がギクリとするほどの嫌悪の思いをこめて自分を見ているのに気付いた。

「何の用だね」

と、母親は藍に言った。「息子の人のいいのにつけ込んで、他人の家へ上り込むなんて! 図々《ずうずう》しい」

「母さん!」

「もう失礼するところでした」

と、藍は立ち上った。「お世話になりました」

北村は、玄関の外まで藍を送って出てくると、

「すみません。母も以前はあんな人じゃなかったんですが……」

と、辛そうに言った。

「北村さん。――実は今度、〈すずめバス〉のツアーがあるんです」

「ツアー？」

「あの駅で。ご参加いただけませんか」

「僕がですか」

「七年前の事件に、何かけじめをつけられるかもしれませんよ」

と、藍は言った。

4　死の影

「困るじゃありませんか！」

駅長は、これ以上渋くはできないという顔で言った。「私に何の断りもなく」

「申しわけありません」

と、藍は平然と言った。

「確かに〈しゅうちゃく〉は無人駅ですが、隣駅の私が駅長を兼ねている。許可を取ってもらわんと――」

「ですが、もうイベントに参加される方々がバスでお待ちなので」

駅の前には、君原が運転するバスが停っている。

確かに強引ではあるが、いちいち気にしていたら、〈すずめバス〉などやっていけないのだ。

「——駅長、お電話です」

と、駅員が呼びに来る。

「分った。——ともかく、このままＯＫを出すわけにはいかん」

駅長は、そう言って駅の中へと駆けて行った。

この隣駅は、〈しゅうちゃく〉と違って大きく、駅前もにぎやかである。

「——藍さん」

と、バスから真由美が降りて来た。「どうなるの？」

「何とかするわよ。任せといて」

「お願いね。ルミも祈ってる」

安井ルミも、このバスに乗っている。

——ツアーの当日。

藍は、筒見が鉄道会社に全く許可を取っていないことを、初めて聞かされた。

今さら中止というわけにはいかない！　何しろ払い込まれたツアー料金は、もう〈すずめバス〉オフィスの電気代として消えてしまっているのだ。

藍は、〈しゅうちゃく〉駅の駅長が、この隣駅の駅長の兼任と知って、許可を取りに来たのである。

江田《えだ》というここの駅長は、五十歳前後の、心配性らしいタイプ。何より、

「誰が責任を取るのか」

を気にしている。

しばらくして戻って来た江田駅長は、いっそう苦り切った顔をしていた。

「――今、本社の上司から電話があった」

と、江田は言った。「このイベントを許可するように、とのことだ」

正直、藍は仰天した。

筒見社長も、なかなかやるじゃない！

「ただし、私にも立ち会うように、とのことだ。同乗させてもらうよ」

「どうぞどうぞ！」

藍は、江田をバスへと案内した……。


いつものツアーとは、いささか雰囲気が違っている。

藍が担当するというのと、やはりあの殺人事件が絡んでいることで、いつもの〈幽霊ツアー〉の常連の何人かが、

「何か起るんじゃないか」

と、参加していた。

しかし、三分の二はカップル。

それも、「これから別れよう」というカップルなのだから変っている。

二人でしみじみ語り合っているカップルもいれば、そっぽを向いて口もきかないというのもいる。

時間はすでに夜の九時を回り、この線では電車の本数も少なくなっている。

「——そこだわ」

夜の中に、改札口の辺りがポッカリと明るい。

「あれが〈終着駅〉か」

と、君原が言ってハンドルを切る。「こんな所へ来ると、僕らの仲も終りかな」

「君原さん！」

と、藍がにらむ。

常連客が、

「やっぱり、あの二人、できてたんだ」

と、囁《ささや》き合っているのが聞こえてくる。

全く、もう……。

バスが停り、藍は先に降りると、参加者たちが降りて来るのを待った。

「――藍さん」

と、ルミを連れた真由美が言った。「何だか変な雰囲気ね」

確かに、この前来たときとは違っている。

駅の周囲を、うっすらとした霧が包み始めていた。

「――町田さん」

駅の方へやって来たのは、北村だった。

「おいでいただいて……」

「いや、あなたがいれば、もしかすると彼女が現われるかと思いましてね」

と、北村は言った。「――ああ、江田さん」

江田駅長は、北村を見て、一瞬ギクリとした様子で、

「君……。どうしてここへ？」

「北村さんも今日のツアーの参加者です」

と、藍が言った。「お知り合いですか」

「母が親しくさせていただいて」

と、北村は言った。

「お元気かね」

「ええ」

参加者が全員バスから降りた。

藍は、駅の改札口に立って、

「ホームへ入っていただきます。電車はあと二十分来ませんけど、ご用心下さい。――このホームには、〈愛を美しく終らせる〉ふしぎな力があると言われています」

言いながら、自分でも恥ずかしい。

ともかく、みんながゾロゾロとホームへ入って行く。

「椅子《いす》もないの？」

「お茶くらい出せよ」

「どうやって、二人で話すわけ？」

苦情が出るのも当然か。

しかし――数分すると、誰もが黙ってしまった。

「藍さん、何が起るの？」

と、真由美が言った。

「分らないけど……」

深い霧が立ちこめてくる。

藍もはっきりと感じた。――これは普通の霧じゃない！

「真由美ちゃん、君原さんを呼んで来て！」

と、藍は言った。

「分った」

真由美が駆けて行く。

「――どうなってるの？」

仲の良くないはずの二人同士、何となくぴったりと体を寄せ合う。

――別れて下さい。

藍の頭の中で、女の声がした。

誰？――照子さんなの？

「別れて下さい……」

遠く、声が聞こえた。

ホームの端に、黒いコートの女が立っていた。霧の中なのに、はっきりと見える。

参加したカップルたちも、突然話し始めた。

「もう別れましょう」

「終りにしようよ」

「これで最後だから……」

だが、その後、空気は一変した。

「俺は別れないぞ！」

と、叫ぶ男の声。

「いやよ！　絶対に別れない！」

と、女の叫び声。

別れよう、と言われた方が、急に相手に取りすがった。

「やめてよ！　離して！」

「俺は別れない！」

方々で男と女が激しくつかみ合いを始めた。

「皆さん！　落ちついて下さい！」

藍が叫んでも、誰も聞こうとしない。

男が女をねじ伏せる。女は男の顔に爪《つめ》を立てる。

――ルミの言った通りだ！

ここへ来て、あのコートの女を見ると、突然相手を諦められなくなる。

「照子か！」

北村がコートの女の方へと駆け出そうとする。

だが、北村は見えない壁にでもぶつかったように、足を止めた。

女が、こっちへやって来たのだ。

「照子――」

北村の体を素通りして、女はやって来た。

「向うへ行け！」

と、叫んだのは江田駅長だった。「お前は死んだんだ！」

「別れましょう」

と、女が言った。「あなたはいやだと言ったわ……」

江田駅長？——江田が「もう一人の男」だったのか。

このホームで会うことにしたのも、相手が江田なら分る。

そのとき、聞こえるはずのないものが聞こえて来た。

電車の音だ。

まだ来ないはずだわ……。

「さあ、一緒に行きましょう」

と、女が江田の腕を取る。「別れたくないんでしょ、私と？」

「やめてくれ！」

江田は必死で振り払おうとした。「俺は——お前を北村へやりたくなかったんだ！」

「だから言ってるでしょ。一緒に行くのよ」

「よせ！　助けてくれ！」

江田は叫んだ。

ふしぎな力に引張られて、江田はズルズルと線路の方へ近付いて行く。

「貨物列車が来る！」

「あなたはそれに飛び込むのよ。それで私と一緒になれる」

「やめてくれ……。俺は死にたくない！」

江田がホームに這《は》いつくばった。

「照子さん」

藍が進み出た。「その人に罪を償《つぐな》わせて下さい」

照子が藍を見た。——初めてその目を見た。

哀《かな》しみをたたえた目だ。

「あなたは……私が見えるのね」

「ええ。——お願いします。江田は、ちゃんと警察が……」

「でも、私の幸せはもう戻らないわ」

「分ります」

と、藍は肯いた。「でも、北村さんにも、まだ未来があるんです」

貨物列車が猛然と進んで来る。

「——分ったわ」

と、照子が言った。「北村さん。——さようなら」

貨物列車がホームを走り抜けると、照子の姿はかき消すように見えなくなった。

同時に、一瞬の内に霧が晴れる。

そして――ホームのあちこちで争っていたカップルが、夢からさめたように、

「俺……どうしたんだ？」

「私、こんなひどいことしたの？」

と、唖然《あぜん》としている。

「照子……」

北村が呆然《ぼうぜん》と立ちすくむ。そして、江田が一人、ホームに座り込んで泣いていた……。

「すると、その江田って駅長が、君のことも殺そうとしたのか？」

と、筒見が言った。

「私を照子さんの幽霊だと思ったんでしょう。――ともかく、自首して出ました」

「それは良かった」

「あんまり良くもないんです」

と、藍は言った。

「どうしてだ？」

「照子さんと江田の仲を、北村さんの母親は知っていて、むしろたきつけていたんです。

息子を照子さんにとられたくなかったんでしょうね」

「そいつはひどいな」

「一番気の毒なのは北村さんですね。それと——仕事で殺されかけた私」

「まあ、ツアーそのものはうまくいったじゃないか」

と、筒見がはぐらかした。

「でも、〈美しい別れ〉はありませんでしたよ。みんな、あんな経験をして、改めてやり直そう、って人ばかりで」

「何だ、そうか」

むろん、これが安井一にとって有利な証拠になるかどうかは分らない。しかし、ともかく弁護士はあのツアー客のカップルを何人か証人として呼ぶらしい。

「ま、恋人同士、うまくいけばそれに越したことはない」

「でも社長——。よくあのイベントを承知させましたね」

「うん？　ああ……。ちょっとした交換条件でな」

「何ですか、それ？」

「うん、あそこの会社の専務が、我が社のツアーに乗り気でな。ぜひ、あの鉄道を使って、君の得意の〈幽霊ツアー〉を、とね」

「そんな……」

藍は唖然とした。

「ま、よろしく頼む」

筒見は藍の肩をポンと叩《たた》いて笑った。

全く、もう！――藍はふてくされて、

「そもそも、社長の勘違いだったんですからね」

「何のことだ？」

「〈終着駅〉です。あれは〈終着〉でなく、〈執着する〉方だったんですよ」

と、藍は言った。

凡人の恨み

1　苦しまぎれ

「全くね……」

と、町田藍はついグチをこぼしていた。「夕方から出社して、〈夜のコース〉ばっかりのバスガイドなんて！　よそじゃ考えられないわ」

しかも、今は真冬である。

日が暮れるのも早くて、藍が〈すずめバス〉に出勤していくこの時間、すでに辺りは暗くなり始めていた。

業界でも「最大手」ならぬ「最小手」（こんな言葉があるのかどうか）である〈すずめバス〉。トップの〈はと〉と、名前は似ているが、中身は大違い。

町田藍はその「大手」をリストラされて、それでもバスガイドがやりたくて〈すずめバス〉へ来た。

まあ小さいなりの良さというのも、少しはあって……。

「――おはようございます」

と、唯一の営業所兼本社へ入って行くと、とたんにいやな空気が藍を出迎えた。

「どうしたんですか？」

と、藍は、先輩ガイドの山名良子《やまなりようこ》に訊《き》いた。

「この雰囲気……。もしかして——倒産？」

「よしてよ、縁起でもない」

と、山名良子は顔をしかめる。

「しかし、そうなる可能性は大だぜ」

と、相変らずクールな君原は、ドライバーである。

「社長は？」

と、藍は訊いた。

「旅行だって」

「へえ。——どこへ？」

「それが分んないのよ」

と、良子が肩をすくめた。

「でも……」

と、藍はみんなの顔を見渡して、「とりあえず今夜は〈怪談ツアー〉でしょ？　出かける仕度しなくていいんですか？」

「出かけたくても、出かけられない」

と、君原が言った。「バスがいかれちまったんでね」

藍は目を丸くして、

「バスが――故障？」

「うん。それも自分たちの手にゃ負えない。部品交換しないとどうにもならないんだ」

「じゃ、修理工場の人に言って、すぐ直してもらわないと！」

「言ったよ。でもね、どうやらこれまでの修理代、ずいぶん払ってないらしくて、それを払わない限り、修理しないって言われた」

「そんな……」

「何度もかけ合って、頭も下げた。でも向うは頑《がん》として聞いてくれない」

「それでね」

と、良子が言った。「何とかしてもらおうと社長に連絡取ろうとしたの。でも、自宅にいるはずの社長は、旅行へ出て明日まで帰らない」

「奥さん、知らないんですか」

「奥さんには、社員を連れての慰安旅行だって言って出かけたんですって。しかも、ケータイは切ってある。――絶望的よ」

「大方、どこかのホステスでも連れて温泉に行ってるんだよ」

と、君原は言った。

「だけど——どうするんですか？　今夜のツアーに集まってくるお客様たちは」

と、藍は言った。

「どうしようもないさ」

と、もう一人のドライバー、飛田《とびた》がため息をつく。「都合により中止とでも言うしかないよ」

諦《あきら》めのムードが一同を包んでいる。

藍は一人立って眺め回すと、

「しっかりして下さい！」

と、怒鳴った。

「町田さん——」

「社長が誰《だれ》とどこへ行こうが、お客様には何の関係もないじゃありませんか。私たちはバスガイドです。お客様が一人でもおられる限り、ツアーは中止しない。それがバスガイドとしてのプライドじゃありませんか！」

みんなが顔を見合わせて、

「——君の言うことは分るがね」

と、君原が言った。「バスが動かないんだぜ」

若いバスガイド、常田エミがそろそろと立ち上って、

「何とかしましょう！　バスがなきゃ、電車や地下鉄を使ってでも行きましょうよ」

と言った。

「そうです」

と、藍は言った。「バスのないバスガイド。それも面白いじゃありませんか！」

しばし、呆気《あっけ》に取られたような沈黙があった。そして、みんなが笑い出した。

「――〈すずめバス〉もここまで来たか！」

と、飛田が言った。

「こうなったら、道は一つだ」

と、君原が言って、「ね、町田君」

と、藍の方を見る。

「何よ？」

「バスなしのツアーで、お客を満足させられるのは、ただ一人、幽霊を見るバスガイド、町田藍しかいないよ」

「だって今夜のツアーは――」

と言いかけて、藍も詰った。

大体、今夜予定されているツアーがインチキなのだ。

〈怪談ツアー〉とかいって、いかにもお化けでも出そうな宣伝をしているが、本当は、「四谷怪談《よつやかいだん》」の舞台だから四谷へ行く、といったいい加減なもの。

「四谷だからって、バスの代りに地下鉄やＪＲで行っても、誰も喜ばないわ」

と、良子が言った。

「バ、バチが当ったんですよ、こんなひどいツアー企画するから」

と、藍は言った。

「ともかく、町田君、何か考えてくれ」

「そんなこと言ったって……」

藍にも、〈すずめバス〉の危機であることは分っている。何とかしたい。何とかしたいが……。

藍は、常田エミの方へ、

「ね、集合場所、どこだっけ」

と訊いた。

「丸《まる》の内《うち》です。オフィス街の方がバス、停《と》めやすいから」

「丸の内のオフィス街か……」

藍は、考え込んだ。

「――藍さん！」

と、セーラー服の女の子が駆けて来る。

「真由美ちゃん、今晩は」

「今夜は藍さんなのね！　じゃ、きっと出るわ」

遠藤真由美は十七歳の高校生。

〈すずめバス〉の〈幽霊ツアー〉には必ず参加してくる。

「藍さん、バスはどこ？」

と、周囲を見回して、「集合、ここでいいのよね」

「間違いないわ」

藍は、〈すずめバス〉のマークの入った旗を持っていた。

時間がたって、続々と客が集まって来る。

「やあ、どうも」

「今夜は出そうかな」

互いに顔なじみの客が多い。

「――皆さん、お待たせいたしました」

と、藍は言った。「今日は、〈すずめバス〉としては異例のツアーです」

「バスは？」

「今日は、バスは参りません」

「ほう」

「ここはどこでしょう?」

と、藍は周囲を見回した。「オフィス街ですね。昼間、何千、何万の人が、ここで働いています。人間同士ですから、愛も憎しみもあります」

藍は少し間《ま》を置いて、

「人の恨みが、一番日々積み重なっている場所。それが『会社』ではないでしょうか。

——今日は、このオフィス街を歩いてみたいのです。上司を恨みながら死んだ人、不倫の果てに心中した人……。そういう人たちの恨みが、残っているはずです」

「それは面白い!」

と、一人が言った。「俺《おれ》なんか生きてても化けて出てやりたい奴《やつ》が十人はいる」

笑いが起った。

「では、私の後について来て下さい」

と、藍は歩き出した。

正直、苦しまぎれのアイデアだったが、ともかく客の不満は出ずにすんだ。

「——藍さん」

と、真由美がそばへ来て、「どこのビルが出、そ、う、なの?」

「まあ……やはり古いビルね。それだけ色々なことがあったでしょ」

と、藍は適当にごまかした。

しかし——一つ、計算違いがあった。

真冬である。しかも、ビルの立ち並ぶオフィス街は、年中風が強い。

夜、すでにオフィスの大半は閉まっていて、通りに人影がない。そこへ吹き抜ける風。

五分も歩いていると、

「おい、いくら何でも寒くないか？」

「こごえちまうよ！」

「どこか休む所はないのか？」

と、苦情が出始めた。

藍だって、そのことにはとっくに気付いていた。何しろ、「バスガイドのプライドにかけて」と、妙な見栄《みえ》をはって、制服の上にコートもはおらないで来てしまった。

〈すずめバス〉の旗を持つ手もかじかんで感覚がない。

どうにかしないと！

ビルの地下街でもあれば、ともかくそこへ入って、風だけでもよけられる。

全くもう……。誰か手伝いに来てよ！

山名良子は、

「もう年齢《とし》なんで、冷えると腰に来るの」

と、椅子《いす》から立ちもせず、君原も、

「バスがないのに、ドライバーがいちゃおかしいだろ」

とか言って——。

藍が、一行の方へ振り向いて、

「もう少しのご辛抱です！　温かいお茶のサービスがありますので」

と、出まかせを言ったときだった。

「町田さん！」

と、誰かが呼んだ。

「え？」

「町田藍さんだ。そうだろう？」

中年の、いかにも少しくたびれたサラリーマン。スーツにネクタイだが、コートはなし。

「私ですが……」

「ほら、以前〈Hバス〉の経理にいた山本《やまもと》だよ」

藍も、いつも精算を頼みに行くと、薄暗い経理の片隅で電卓を叩《たた》いていた顔を思い出した。

「ああ！　山本さん！」

「やっぱりね。あんた、今でもバスガイドを？」

「ええ。山本さん、どうして――」

「僕はこのビルの管理人なんだ」

と、山本は目の前の大分古びたビルを見て、

「今、グルッと外を回ったところでね」

「そう。山本さん、お願い！」

藍は山本を客たちのそばから引き離すと、

「寒くて困ってるの！　中へ入って休ませてほしいんだけど」

「うちのビルへ？」

「迷惑はかけないから！　お願い、この通り！」

藍は両手を合わせた。山本は笑って、

「あんたは相変らずだね。――いいとも。大したもてなしはできないがね」

天の助け！　藍は内心、

「日ごろの心がけがものを言うのね」

と呟《つぶや》いていた……。

2　たたり

「さあさあ、どうぞ」

と、山本がコーヒーを配ってくれる。

「山本さん！　私、やるわよ」

藍も、さすがにそこまで山本の手を煩《わずら》わせるわけにいかなかった。

「――やあ、しかし昔のビルは雰囲気があるねえ」

暖まると、みんなロビーを見回して、

「本当だ。今のロビーなんて、ガランとして、味も素気《そっけ》もないがね」

ソファも大分古ぼけているが、それもまた古いビルの内装によく似合っていた。

「ちゃんとコーヒーカップで出してくれるところがいいね」

と、一人が言うのを聞いて、山本が振り向き、

「このロビーは、以前喫茶室だったんですよ。それで、カップや皿が置いてあるんです」

と言った。

「――ここは出るのかね」

と、客の一人が言った。

「出る、というと？」

山本が訊く。藍はあわてて、

「あのね、山本さん――」

と、説明しかけた。

「ああ、幽霊かね」

と、山本は笑って、「もちろん出るよ」

誰もが一瞬手を止めた。

「――山本さん、今何て？」

「幽霊にたたられててね、このビルは」

と、山本は言った。「そのおかげで、今じゃ空家《あきや》同然」

とたんに、ロビーの温度が上ったかのようだった。ツアーの客たちは、急にざわめいて、

「そういうことだったのか！　町田さん、隠してたね」

「偶然飛び込んだようなふりをして。芸が細かいんだから」

あちこちから声をかけられて、

「まあ……予《あらかじ》め何でも分っていたら、面白味がないかと思いまして……」

と、藍も適当に調子を合わせる。

——とんでもない所へ飛び込んで来ちゃった！

「心配いらないわ」

と、真由美がご親切に、山本へ言った。

「この町田藍さんは幽霊と仲良くできる人なの！　きっと向うと話をつけてくれるわ」

「真由美ちゃん！」

と、藍があわてて止めようとしたが、すでに遅く、

「じゃあ、マスコミで評判になった、あのバスガイドは、町田さんのことかね」

と、山本も嬉《うれ》しそうに、「そうだったのか！　そうと分ってりゃ、もっと早くお願いするんだったよ」

やれやれ……。

藍は咳払《せきばら》いをして、

「それはともかく、幽霊にたたられているという話を、詳《くわ》しく伺《うかが》いましょう」

と言った。

山本が話してくれている間に、何か「対策」を考えなければ。——藍は、「エクソシスト」ではない。

幽霊と親しくなることはあっても、「悪霊を追い払う」ということはできないのだ。

「もとはと言えば、私がここへ来る以前のことです」

と、山本が口を開き、ロビーにいるツアー客が一斉《いっせい》に耳を傾けたとき――。

「キャッ！」

と、真由美が叫んだ。「出た！」

いつの間にか、ロビーの隅に、白いコートをはおった、やせた中年の女がスッと立っていたのである。

その辺が少し薄暗いこともあって、確かに幽霊みたいに見えないでもなかったが、

「違うわよ、真由美ちゃん」

と、藍はつついた。「あれは人間」

「――お話を聞きたいとおっしゃるのね」

女は藍たちの方へやって来ると、「いいですとも。お聞かせして何か損をするってものじゃありませんからね」

山本が立ち上って、

「これはどうも……。あの――お許しもなく勝手なことをいたしまして」

「いいのよ。人がいないより、いてくれた方が、少しはここも明るくなるわ」

「はあ……。あの、皆様、こちらが、このビルのオーナー――」

「村山沙江子《むらやまさえこ》です」

と、自己紹介して、「このビルには、悲しい出来事がありましてね……」

と、ため息と共に言った。

「三年前まで、この五階に〈K製薬〉という会社が入っていました」

と、村山沙江子は続けた。「大して大きな会社ではありませんが、そこそこに堅実な商売をしていたのです。もちろん、工場は別の場所にあり、ここには営業や庶務が入っていました」

――藍は、さっきこのビルへ入って来るとき、何か自分を引き止めようとする力を感じたのを思い出した。

あまりの寒さと、ツアー客を中へ入れなくてはとばかり考えて、気にとめなかったのだが――。

あれは、

「中へ入るな！」

という声だったのだろうか？

それなら、もっと強く感じそうだが……。

「営業に、沢田市郎《さわだいちろう》という若い営業マンがいました。何というか――私も、このビルの様子をしばしば見に来ていましたから知っていますが、ともかく、営業の才能のない人でした」

と、沙江子は首を振って、「毎日毎日、沢田さんは課長に怒鳴られ、同僚に馬鹿《ばか》にされ、女子社員も彼には近付きません。二十五、六でしたが、もう見た目は四十代でした」

「分るな」

と、ツアー客の一人が言った。「どこの社にも、怒鳴られ役がいるもんだ」

「そうなんです。私は沢田さんに、『会社を移るか、庶務へ回してもらえば？』と助言したこともあります。でも、沢田さんは悲しげに笑って首を振るばかりでした」

みんな黙って、村山沙江子の話に聞き入っている。

「それはそれで、沢田さんは自分の役割を知っていて、耐えているようでした。——もしかしたら、あれはあれで、いわばみんなの不満のはけ口になって、それなりにずっと勤めていられたかもしれません」

「何があったんですか？」

と、真由美が訊いた。

「〈K製薬〉の社長は飯野広克《いいのひろかつ》といって、オーナーでワンマン社長でした。——ある日、社長の一人娘、飯野涼子《りようこ》さんが、このビルへ立ち寄ったんです」

と、沙江子は首を振って、「それが悲劇の始まりでした。——涼子さんは、父親に似ず、気だてのいい、可愛《かわい》い娘さんでした。その涼子さんが、たまたま、エレベーターで沢田さんと一緒になったのです」

そのとき、ロビーに「チーン」という音が響いた。

「あれ、エレベーターじゃないの？」

と、沙江子は山本へ、「動いてるの？」

「いえ、止めてあるはずですが……。見て来ましょう」

と、山本がノソノソと歩いて行く。

「――何しろ古いビルです。二人を乗せたエレベーターが故障して、停《とま》ってしまったんです。二人はエレベーターの中に閉じこめられました。三時間近くも」

沙江子は肩をすくめて、「何が起るか、分らないものですわ。その三時間で、飯野涼子さんと沢田市郎さんが恋に落ちたのです」

「まあ」

と、真由美が言った。「すてきじゃありませんか」

「でも、父親の飯野さんはそう思いませんでした。よりによって、沢田のような情ない無能な男に惚《ほ》れるとは何事だ、というわけで……。でも、涼子さんは反対されればますます沢田さんへの思いをつのらせていきました……」

「そういうもんだよ、若いときの恋っていうのは」

と、客の一人が言った。

「飯野さんは沢田さんをクビにしようとしましたが、涼子さんが彼を追って出て行ってしまうかもしれない、と思い止《とど》まりました。そこで、今度は前にも増して沢田さんをいじめたのです。それはもう――さすがに同僚も目をそむけるほどだったといいます」

「可哀《かわい》そう……」

と、真由美が呟く。

「そして、ある日……。沢田さんは、いつものように上司から散々怒鳴られ、フラッと席を立ち、そして――二度と戻って来なかったのです」

「行方不明ってことですか？」

「そうです。どこかで自殺したんじゃないかと、誰もがそう思いました」

「いいえ！」

突然、ロビーに鋭い声が響いた。「彼は生きてるわ！」

「――涼子さん」

と、村山沙江子が目を見開いて、「いらしてたんですか？」

スーツにコートをはおった二十七、八の女性が立っていた。

「五階はまだ〈K製薬〉が借りてるんですから」

と、鍵《かぎ》を手にして、「エレベーターの電源の入れ方も知っているわ」

本来はおとなしい、静かな娘さんだろう、と藍は思った。

しかし、そういうタイプの女性は、一旦《いったん》信念を抱くと強い。

「——町田藍さんですね」

と、涼子は言った。「私、飯野涼子——いいえ、心では沢田涼子です」

「はあ……」

「今日、ここへおいでいただいたのも何かの縁ですわ。ぜひ、沢田さんが本当に死んだかどうか、教えて下さい」

「ちょっと待って下さい。私はそんな能力など——」

「やってあげなさいよ！」

「そうそう！　あんたならできるよ」

ツアー客が無責任にはやし立てる。

藍も今さら引くに引けなくなってしまった。

「分りました」

と、ため息と共に、「じゃ、その五階へ行ってみましょう」

3　嘆きの声

エレベーターは、ガタンゴトンと、まるで各駅停車の列車みたいにのんびりした音をたてて上り始めた。

藍は、飯野涼子と二人だけで上りたかったのだが、ツアー客が承知しない。仕方なく、

「私が安全を確認するまで、待って下さい」

と説得し、とりあえず真由美だけを連れてエレベーターに乗った。

「ゆっくりしたエレベーター」

と、真由美は却《かえ》って面白がっている。

「――涼子さん」

と、藍は言った。「さっき、管理人の山本さんが、このビルは〈たたり〉で空家同然と言ってましたが、何があったんですか？」

「沢田さんが姿を消してからしばらくして、噂《うわさ》が広まり始めたんです」

と、涼子は言った。「沢田さんの恨みがこのビルに残っていて、夜になると、すすり泣く声が、階段とかトイレとかで聞こえてくるって」

「聞かれたことはあります？」

「いいえ、一度も。だって、沢田さんは生きてます！　生きてる人が、どうしてたたったりします？」

と、涼子は強い口調で言ってから、「でも、私は勤めてるわけじゃないので、ここへ夜来たのは、会社が移ってからですけど」

と、少し照れたように付け加えた。

「〈K製薬〉がこのビルを出たのが三年前ということでしたね。沢田さんが行方不明になったのが——」

「その半年前くらいです」

「沢田さんのご家族は？」

「彼は一人暮しでした。両親を早く亡くしていて、叔父さんの所で育てられたそうですが、とても居づらかったようです」

エレベーターが、やっと五階に着いた。

ビル自体は八階まである。

扉が開くと、真暗だった。

「今明りをつけます」

涼子がスイッチを押すと、寒々としたエレベーターホール。

「——五階は全部〈K製薬〉が使っていました」

「沢田さんの席はどの辺だったか分りますか」

「もちろん。——こちらへどうぞ」

涼子について行く。真由美が、

「寒いわ。——ね、何かありそう？」

と、藍へ訊いた。

「あんまり期待しないで」

「ここです」

と、涼子がドアを開け、中の明りをつけた。

藍は入ってみて、目をみはった。

〈K製薬〉が移ったと聞いたので、当然中は空《から》っぽになっていると思ったのだが、ズラリと机が並んで、今でも仕事をしているかのようだ。

「どうしてこのままになってるんです?」

「妙な声や音がするというので、みんなが気味悪がって、何だかインチキくさい占い師みたいな人を呼んだんです。その人が、『この事務所は今のままにして出て行きなさい。今ある机や椅子はたたられている』と言ったんですって。それで、机や椅子はそのままになってます」

机や椅子がたたられる、というのも妙なものだが、人が使った物には、その人の愛着が残ることはある。

「――ここが」

と、涼子は隅の方の机の所で足を止め、椅子の背に手をかけて、「沢田さんの机でした……」

そこは、机と椅子だけでなく、机の上にファイルが開いたまま置かれ、ボールペンが転がっている。

「これって、もしかして、沢田さんがいなくなったときのままですか?」

「ええ。父が気味悪がって、『手を触れるな』と命じたんです」

「涼子さんは?」

「何か彼の行方を知る手がかりがないかと引出しの中とか探しましたが、ほとんど乱してはいません」

「藍さん……」

真由美が、藍の様子が少し変ったことに敏感に気付いた。

「何か――」

と言いかけた涼子を真由美が止めて、小声で、

「そっとしておいて」

と、少し離れる。

――正直、藍はこの机に何か重苦しく沈み込んでいくような「やりきれなさ」を感じて、この場にはいたくなかった。

しかし――たぶん――もう遅かった。

その机は、薄い霧のようなものに包まれつつあった。

何なの？——何が言いたいの？

やっぱり、あなたは死んでるのね。

そうでなければ、こうして霊として藍に働きかけては来ないだろう。

そのとき、何かかすかな音が、机の上で聞こえた。

パタッ、パタッという、雨の滴《しずく》が落ちるような音である。

もしかすると……。

藍は机の方へゆっくりと近付いた。

開いたままのファイルの、書類の上に、しみが広がっていた。濡《ぬ》れている。

藍はそっと指先を触れてみた。——確かにそこは濡れている。しかも、それはどこかぬくもりを感じさせた。

「——涼子さん、来て下さい」

と、藍は振り返って呼んだ。

「はい」

涼子が駆けて来る。

「これ——触って下さい」

と、手をどける。

涼子は指先で触れると、

「濡れてますね。これは?」

「少し温かいでしょう。それは涙の滴です」

と、藍は言った。

「涙?」

「気の毒ですけど、やはり沢田さんは亡くなっていると思います。ここに、沢田さんの悔しさが残っているんです」

涼子は青ざめて、てのひらをその濡れたところへしっかりと押し当てた。

「沢田さん!——ごめんなさい! 何もしてあげられなくて」

涼子の目から涙が溢《あふ》れ出て、その濡れた書類の上に落ちた。

「——馬鹿な!」

と、怒鳴る声がした。「そんなのはインチキだ!」

ドアの所に、黒いコートを着た男が立っている。

「お父さん」

涼子はその男の方へ向いて、「沢田さんに詫《わ》びて! 謝ってよ」

「下らん!」

飯野広克は真直ぐにやって来ると、娘を押し除《の》けて、「誰がこんな小細工をした!」

と、机の上のファイルをつかむと、床へ投げ捨てた。

「お父さん！　何てことするの！」

と、涼子が飯野へ食ってかかった。

「よせ！　こんなのは、どうせ金目当てのインチキだ」

と、飯野は藍の方をにらんで、「一体何が目当てだ？」

真由美が進み出て、

「この人は町田藍といって、本当に霊感のある人なんです」

「いい加減なことを言うな！」

藍はインチキ呼ばわりされても、別にどうということはない。

「〈K製薬〉の社長さんですね。〈すずめバス〉のバスガイド、町田藍と申します。たまたまこのビルで一休みさせていただいて……」

「とっとと出て行け！　娘は騙《だま》せても、俺はそんなものにひっかからんぞ」

と、飯野は言ったが、そのとき、

「藍さん！　見て！」

と、真由美が声を上げた。

床へ投げ出されたファイルの、あの濡れたところが、真赤に染まっていた。

「――血だわ」

涼子が目を見開いて、「沢田さんの血だわ！」

と叫んだ。

「落ちついて」

と、藍は言った。「沢田さんは何か訴えたいことがあるんです。あなたに伝えたいことが」

「それなら言ってくれれば……」

「私が、たまたま仲介役に選ばれたということでしょう。ただ——ともかく、沢田さんは亡くなったと思った方が……」

涼子は、そばの椅子にぐったりと腰を下ろして、

「——分ってた」

と言った。「生きていれば、何も言って来ないわけがないもの。でも、信じたくなかったの」

「涼子さん。沢田さんのロッカーはどこか分りますか」

と、藍が訊いた。

すると、飯野が真赤に顔を紅潮させて、

「これ以上、娘を苦しめるつもりか！　許さんぞ！　出て行け！」

と、藍へつかみかかる。

「お父さん、やめて！」

と、涼子が間へ入った。

「出て行かんと警察を呼ぶぞ！」

と、飯野は凄《すご》い剣幕。

そこへ――。

「何か騒いでるぞ」

「出たのか？」

と、ツアー客がゾロゾロと入って来て、飯野は呆気に取られた。

「いや、ともかく、もう我慢できんと言うのでね」

と、山本が頭をかきながら入って来た。

4　秘密

「まあ、涼子！　あなたまで」

と、入って来たのは毛皮のコートをはおった女性。

「お母さん……。どうしたの？」

と、涼子が目を丸くしている。

「どうしたの、って……。あんたが出かけたっきり帰って来ないし、そしたらお父さんが村山さんからの電話に出て、何だか急に出かけて行ったの。それで気になってね。きっとここだと思って」

「そう。――町田さん、母です」

と、涼子が紹介した。

「飯野妙子《たえこ》と申します。――この方たちは何ですの？」

藍は、初めから事情を説明するはめになった。

元〈K製薬〉のオフィスは、ツアー客でにぎわっている。

あの血で濡れたファイルは、大いに人々の関心を集めた。

飯野広克も、こう相手が大勢では、いちいち怒っていられず、椅子の一つにかけて、すっかりふてくされていた。

「ああ、そんなことが……」

妙子は別に怒っている様子もなかった。

「――奥様は沢田さんをご存じでしたか」

と、藍が訊いた。

「ええ。そう社員が多いわけでもありませんしね」

「涼子さんとのことは、どう思われました？」

「さあ……。本人たちが好きだと言うなら仕方ないでしょう。でも、主人は絶対に許さないと言い張って」

そこへ山本がやって来て、

「奥さん、どうも……」

「ああ、こちらの管理人の方でしたね」

「山本と申します。ちょっとお話が……」

「何でしょう？」

「できたら二人きりで。――よろしいでしょうか」

「ええ」

飯野妙子は、山本と一緒に、オフィスから出て行った。

藍は、ドアを開けて出て行く山本が、チラッとこっちを振り向いて、ウインクして見せるのに気付いた。

何かある。

藍は、素早く山本たちの後を追って、オフィスを出た。

「――何とおっしゃった？」

と、妙子の声がした。

「少しお金を都合していただきたいんですが」

「まあ。――どうして私があなたにお金を出してあげなきゃならないの？」

「奥さん。私だって、理由もなく、そんなことをお願いしやしません」

階段の辺りで、二人は話している。声が響くので、そばへ行かなくても藍の耳にも話が届いた。

「はっきりおっしゃって」

と、妙子は少し苛々《いらいら》している。

「いいでしょう。黙っている代りに——。口止め料ですよ。奥さんと沢田さんの関係を、内緒にしておきますから」

「何ですって？」

妙子は呆《あき》れたように、「何を言い出すかと思ったら！」

と笑った。

「奥さん……」

「いい？　私は三年前でももう四十五ですよ。沢田さんは三十にもなっていなかった。そんな年齢で、沢田さんを誘惑したとでも？」

「奥さん。私はね、あの少し前にこのビルへ来ました。そして、あるとき、ご主人から、使いを頼まれたんですよ」

と、山本は言った。「あるホテルの部屋に封筒を届けるように、と。——どうして社員をやらないんだろう、とふしぎでしたがね。まあ、こっちも入ったばかりで、チップもいただきましたんで。言われた通りに、Nホテルへ行きました」

山本は、わざと大きめの声で話していた。

「そこで、部屋のあるフロアへ上ると、廊下に沢田さんがいたんですよ」

妙子は黙っていた。

山本は続けて、

「沢田さんは私を見て、『何してるんです？』と訊きました。私が飯野さんに頼まれて来たと答えると、沢田さんは、『それじゃ僕が預かって渡しますよ。ちょうどその部屋へ行くんで』と言ったんです。疑う理由もないし、じゃよろしく、と沢田さんへ渡し、エレベーターの方へ戻りかけたんですが、沢田さんがドアをノックするのが聞こえて、私はちょっと好奇心から覗《のぞ》いてみました。するとドアが開いて、中から奥さんが出ていらした。そして、『誰にも見られなかった？』と、沢田さんに言って、『早く入って！』と、待ち切れないという様子で、沢田さんを中へ引き入れたんです」

藍は、背後に人の気配を感じてハッと振り返った。

涼子と真由美が、藍のすぐ後ろにいて、一緒に話を聞いていたのである。

「――お話はそれだけ？」

と、妙子が言った。「馬鹿げてる！　でたらめだわ」

「そうでしょうか？　じゃ、私はご主人にこの話をさせていただきます」

山本の言葉に、妙子はやや焦ったように、

「そんな真似《まね》をしたら承知しないから！」

「でたらめなら構わないじゃありませんか」

と、山本は得意げに、「あの、沢田さんへのご主人のいじめ方は普通じゃなかった。あれはご主人が奥さんと沢田さんとの仲を疑ってたからじゃないんですか？」

「そんなことはないわ！」

「じゃ、構いませんね」

「待って！——いくら欲しいの？」

「じゃ、認めるんですね」

「違うわ。面倒なことは避けたいからよ」

と、妙子は言った。「いくら欲しいの？——待って、今持ち合わせてる分をあげるわ。後は日を改めて……」

藍の目に、バッグを出して札《さつ》を数える妙子が見えた。——山本は妙子に背を向けている。

そのとき、妙子が山本の背中へ手を伸ばした。

突き飛ばされたら、山本は階段を真直ぐに転がり落ちるだろう。

藍は叫ぼうとした。

しかし、その瞬間、藍の傍《そば》をすり抜けて、涼子が飛び出していた。

「涼子さん！」

と、藍は叫んだ。

すべては一瞬の出来事で、一旦動き出したものは止らなかった。

涼子が山本を突き飛ばす。山本を階段へ突き落とそうとした妙子の手は、涼子の体を斜めに押しやることになった。

藍も、そして真由美も駆け出したが、間に合わなかった。

涼子は、階段の手すりにぶつかった。そして、弾《はず》みというのは恐ろしいもので、階段を転がり落ちるのでなく、手すりを越えて、上下を貫く隙間《すきま》へと落ちたのである。

「涼子！」

妙子が愕然《がくぜん》とする。

階段を転げ落ちたのなら、踊り場で止る。しかし、一階まで真直ぐに落ちたら――。

ここは五階だ。とても助かるまい。

「ああ！　まさかこんな……」

と、妙子がうずくまってしまった。

藍は、手すり越しに身をのり出し、下を見たが……。

「――奥さん」

と、藍は言った。「ご覧なさい」

「——え？」

妙子が立ち上って、藍と並んで手すりから下を見下ろした。そして目を見開いて、

「あれは……」

涼子の体は、宙に浮いていた。いや、正しくは、ふんわりとした白い雲のようなものがクッションのように、涼子の体を途中で受け止めたのだ。

「藍さん、あれは？」

真由美が目をみはる。

「霊が実体化したものだわ。沢田さんが、涼子さんを助けたのよ」

涼子は気を失っているようだった。

白い雲のようなものは、涼子をのせたまま、ゆっくりと階段の方へ移動した。

藍と真由美は、急いで階段を駆け下りて行った。

涼子の体は、階段の途中に静かに下ろされた。そして、彼女をのせていた白い雲はゆっくりと消えて行った。

「——涼子さん！　しっかりして！」

と、藍が抱き起こすと、涼子はすぐに目を開いた。

「あ……。私、どうしたの？」

と、目をしばたたかせる。

「落ちそうになったんですよ」

「私……夢見たわ。沢田さんに会ったの！　沢田さんが、私を抱き上げてくれて、『君は長生きしなきゃいけない』って言ったの」

「それは夢じゃないわ」

と、藍が今の出来事を話して聞かせると、

「本当に？」

涼子の頬《ほお》がサッと紅潮した。

「ええ、本当ですよ」

「ああ！——どうして私、気を失っちゃったのかしら！　悔しい！」

と言いながら、涼子は微笑《ほほえ》んだ。

「——どうしたんだ」

と、飯野の声がした。

「お父さん。——今、沢田さんと会ったのよ」

涼子の言葉に、飯野は青ざめて、

「馬鹿を言うな！」

と怒鳴った。

騒ぎを聞きつけたらしく、あのオフィスにいたツアー客がみんな階段の所へやって来ていた。

「真由美ちゃん、何かあったのかね？」

と、客の一人が訊いた。

「凄かったんですよ！」

真由美が声を弾ませて、今の様子を語ると、みんな声を上げて悔しがった。

「——残念だな！」

「真由美ちゃん、もう一度落ちてみてくれんか」

「いやですよ！　私が落ちたって、誰も救っちゃくれませんよ」

真由美の答えに、みんなが笑った。

「——涼子。お前はその女に騙されてるだけだ」

と、飯野が言うと、

「あなた。違うわ」

と、妙子が言った。

「何だと？」

「私もこの目で見たの。白いものが、涼子を受け止めて助けてくれたのを」

「お前までそんな——」

「あなた！」

と、妙子は強い口調で遮《さえぎ》った。「いくら言い張ってもむだよ」

「妙子……」

「山本さん、大丈夫？」

藍は山本の方へ、

「ああ。尻《しり》もちついただけさ」

藍は妙子の方へ、

「奥さん、本当のことを話して下さい。沢田さんの霊が満足するように」

妙子は、深く息を吐くと、階段に、くたびれ切ったように座り込んだ。

「——ホテルに沢田さんを呼んだのは事実です」

と、妙子は言った。「でも、それには理由があったんです」

「妙子！」

「あなた。もう隠しておけないわ」

と、妙子は言った。

「どういうことだったんですか？」

「主人は——会社のお金を適当にごまかしては、自分のために使っていたんです」

と、妙子は言った。「女を囲ったり、こっそりマンションを買ったり……。他《ほか》にも、車やゴルフの会員権などを買うとき、会社のお金を回していました」

「もしかして、沢田さんがそれを手伝っていたんじゃありませんか？」

と、藍は訊いた。

「おっしゃる通りです。沢田さんは、毎日会社では叱《しか》られてばかりいましたけど、当人もそれは承知の上だったんです」

「でなければ、とっくに辞《や》めるかクビになっていたでしょうからね」

「沢田さんの本当の仕事は、主人が会社のお金を使えるように、色々細工をすることでした」

と、妙子は肯《うなず》いて、「普通のお給料の他に主人はその倍以上を沢田さんへ払っていました」

涼子が呆然《ぼうぜん》として、

「そんな……」

と呟く。

「でも——涼子が沢田さんと恋に落ちて、事情が変りました。主人は、沢田さんと涼子の仲を決して許そうとしませんでした。『娘を犯罪者の嫁にはできん』と言って」

「勝手だわ！」

と、真由美が思わず言った。

「勝手だけど、気持は分りますね」

と、藍は言った。「沢田さんも、涼子さんを好きになって、その『裏の仕事』をやめようと思ったんでしょうね」

「そうなんです。沢田さんは私に相談に来ました。私も、いつ真相がばれてしまうか、ハラハラしていたので、いい機会だと思ったんです」

「でも、ご主人は――」

「沢田さんと本気で言い争いになったとき、沢田さんが『僕はいつでも社長を刑務所へ送れるんですよ』と言ったらしいんです。主人はそれを聞いて、ひどく怯《おび》えてしまい……」

藍は飯野を見て、

「あなたが、沢田さんを突き落としたんですね」

と言った。

「突き落とした？」

と、涼子は息をのんで、「でも――どこで？」

「ここです」

「でも死体は見付からなかったんですよ」

「私、このビルへ入って来るとき、何かに呼び止められるような気がしたんです」

藍は山本へ、「ビルの周りに植込みがあるわね。手入れしてる？」

「いや、何しろ入ってた会社がどんどん出て行ったんで、植込みまで手が回らないよ」

「屋上で、飯野さんは沢田さんと話しながら、隙を見て突き落としたんですね。本当は自殺に見せかけるつもりだった。でも、沢田さんは植込みの奥に落ちて、見付からなかったんです。——山本さん、見て来てくれる？」

「分った」

山本がエレベーターで一階へ下りて行った。

「——飯野さんは、自分で死体がどこにあるか言い出すわけにもいかず、結局、沢田さんは行方不明ということになってしまった。でも、飯野さんにしてみれば、毎日、沢田さんの死体のある植込みのわきを通って出勤するのも気が重く、口実をつけてビルを出たんです。——まあ、怪しい物音や声は、古いビルなら、いくらでも聞こえますからね」

と、藍は言った。

「——お父さん」

涼子が青ざめた顔で言った。「三年以上も、私が苦しむのを見て平気だったの？」

「俺の方だって苦しんだ！」

と、飯野は言い返した。「お前には分らないんだ！」

「分りたくもないわ」

「涼子……」

と、妙子が歩み寄って、「許しておくれ。私も、お父さんの口から本当のことを聞くのが怖かったのよ」

「皆さん」

と、藍が言った。「一番辛《つら》かったのは、死に切れずにいた沢田さんの霊です」

しばし、誰も口をきかなかった。

エレベーターが上って来て、山本が戻って来ると、

「あったよ。植込みの奥で、ちょうど周りから見えない所だ」

「沢田さん！」

山本は涼子を止めて、

「あんたは見ない方がいい。ほとんど骨になっているよ」

涼子が顔を覆《おお》って泣いた。

「——見て！」

と、真由美が言った。

ふしぎな白い光が、ゆっくりと降りて来て涼子を包んだ。

「——沢田さん？」

泣き濡れた顔を上げて、涼子は言った。「あなたなのね！」

白い光は、やがて風船か何かのようにフワリと宙へ上って、やがて消えて行った。

「——これで、沢田さんの魂も救われました」

と、藍は言った。


「おはよう」

昼過ぎに出勤して来て、藍は大欠伸《おおあくび》しながら、「社長、連絡ついたんですか？」

「さっき電話あったわ」

と、山名良子が言った。「あなたに言っといてくれって。そのビルでツアーを三つ組むように考えてくれ、ですって」

「冗談じゃない！　成仏《じょうぶつ》しちゃったんですもの。もう出ませんよ」

藍はソファにかけて、「それよりバスはどうなったんです？」

「今修理工場へ行ってるわ。社長が連絡つけてね」

「じゃ、一安心ですね」

「でもね——」

と、常田エミが言った。「社長が『女房から何か言って来たか？』って訊いたとき、良子さん、『いいえ何も』って……」

「もうばれてるのに」

と、藍は笑って、「明日は社長、引っかき傷だらけで来るかしら」

「そうね。もし社長が殺されたら」

「まさか」

「もしも、よ」

と、良子は言った。「そのときは、あなたが社長の霊を呼び出してね」

「きっと言いますよ、『俺が毎日出てやるから、〈幽霊ツアー〉をやれ』って」

表にバスの音がして、

「あ、戻って来た！」

藍たちは一斉に立ち上って、事務所から出て行った。

地獄へご案内

1　温泉

「本当に着いた！」

その旅館の前に立ったとき、誰《だれ》もがそう口に出して言った。

「まだ油断できないわよ」

と、山名良子が言った。「予約なんか入ってないかもしれない」

「それとも、一部屋に全員で寝るとかな」

と、君原。「僕はそれでもいいが」

「——ともかく、入ってみましょうよ」

と、なだめるように言ったのは、町田藍である。

ここまで来たのだ。表に立っていても仕方ない。

一行は旅館へと入って、玄関で、

「ごめん下さい」

と、声をかけた。

「いらっしゃいませ」

小走りに現われたのは、小柄な和服姿の女性で、「失礼いたしました。〈すずめバス〉の皆様でいらっしゃいますね」

「ええ、そうです」

「お待ちしておりました。――こちらへ靴をお脱ぎ下さい」

そう大きな旅館ではないが、小ぎれいで、掃除も行き届いている。

とりあえず、みんなホッとした。

「あの――筒見は着いていますか？」

と、藍が訊《き》くと、返事より早く、

「おお、来たか！」

浴衣《ゆかた》姿の社長の筒見がやって来た。

「社長、もう一風呂《ひとふろ》浴びられたんですか」

「ああ。温泉だぞ！　せっかく温泉に来て、湯に浸《つ》からないでどうする。君らも、さっさと着替えて、晩飯前に入って来い！」

筒見は何やら鼻歌を歌いながら、行ってしまった。

「――どうやら、夢じゃなさそうね」

と、山名良子はやっと納得した様子だ。

「女将《おかみ》でございます」

と、出迎えてくれた女性が言った。「どうぞよろしくお願いいたします」

「はあ」

「お泊りいただいて光栄でございます」

一行は顔を見合わせた。

〈すずめバス〉の社員が泊って、どうして「光栄」なんだ?

みんな同じことを考えていた。

「お部屋へご案内いたします」

女将は、「番頭さん」

と、手招きした。

「はい」

廊下を、五十がらみの男がやって来る。

「男性の方々をご案内して。私は女性のお客様を」

「はい。——どうぞこちらへ」

方々と言っても、〈すずめバス〉の一行は、社長の筒見を除くと、ドライバーの君原志郎《しろう》と飛田康士《やすし》。そしてガイドの山名良子、常田エミ、町田藍。

これで全員。

――温泉旅館特有の匂《にお》いがする。

廊下を辿《たど》って、藍たちは女将について行った。

「こちらが山名様、常田様のお部屋でございます」

と、女将がガラッと戸を開ける。

「あの……」

と、藍が戸惑って、「私も、ですよね？」

「いえ、町田様はお隣の部屋になっております」

女将の言葉に、山名良子は、

「あら、さすが〈すずめバス〉の稼《かせ》ぎ頭《がしら》は、待遇が違うわね」

と、嫌味を言った。

「そんな……。私もここで……」

「お連れ様がもうおみえでございます」

女将の言葉に、藍はますます目を丸くした。

「――ちょっと」

と、良子が藍の肩を叩《たた》いて、「聞き捨てならないわね。あなた、男と待ち合わせてたの？　図々《ずうずう》しい！」

「違いますよ！　何かの間違いです」

と、藍があわてて言うと、

「あ、やっと来たんだ」

隣の戸がガラッと開いて、出て来たのは——。

「真由美さん！」

藍は唖然《あぜん》とした。「どうしてここに？」

〈すずめバス〉の名物（？）〈幽霊ツアー〉の常連客、遠藤真由美が、可愛《かわい》い浴衣姿で現われたのである。十七歳の女子高校生だ。

「偶然なの」

と、真由美がニコニコして、「学校が試験休みで、両親と一緒にここに来たら、旅館の人が、『〈すずめバス〉なんて、聞いたことないわね』って話してたんで、びっくりして。——両親に頼んで、一部屋別に借りてもらった」

「びっくりした！」

「二人で、ゆっくりお話ししましょうよ。だめ？」

「私はもちろん、構わないわよ。大事なお得意さまですもの」

と、藍は笑って言った。

真由美と同じ部屋に入ると、女将が藍の前に正座して、

「女将の西野由子《にしのゆうこ》と申します」

と、一礼して、「こちらのお嬢様から伺《うかが》いました。町田様は類《たぐい》まれな才能をお持ちとか」

藍は真由美の方を見て、

「何を言ったの？」

「別に」

と、真由美がとぼけて、「ただ、藍さんなら、この女将さんの相談にのってあげられるかな、と思ったの」

「相談って……」

女将の西野由子は、

「この温泉町が生きるか死ぬかの大問題なのでございます」

と言った。

三十代の半ばか、西野由子はきりっとした美しさの印象的な、いかにもしっかり者という風情《ふぜい》。

「待って下さい。まさか――」

と、藍が言いかけると、

「その『まさか』なの」

と、真由美が言った。「この町に幽霊が出て、お客がどんどん減ってるんですって」

藍はため息をついた。

「おかしいと思った……」

——藍は二十八歳の観光バスガイド。

以前は業界最大手の〈Hバス〉にいたが、リストラされて今の〈すずめバス〉にやって来た。

ちゃんと普通のガイドもやるが、当節弱小の〈すずめバス〉が生き残るには、

「ユニークな企画だ！」

という、社長の筒見の主張も間違ってはいない。

ただ、問題はたまたま藍が持ち合わせていた「ユニークな能力」——幽霊とやたら親しくなる、という才能をフルに利用しようとすることだった……。

「社長も、知ってたのね、きっと」

と、藍がむくれると、

「でも、知ってたら、きっと初めからツアーを組んだと思うけど」

と、真由美が言った。

「あ、そうか」

真由美に言われるようじゃ仕方ない。

「せっかくお寛《くつろ》ぎになろうとおいで下さったのに、申しわけありません」

と、西野由子が言った。

「ともかく、お話を伺います。ただ——お風呂へ入ってからにしていただけません？」

藍はささやかな抵抗を試みたのだった。

2　名誉

「失礼いたします」

県警本部長室へ入っていく村内《むらうち》の顔は悲壮そのものだった。

N町の署長として、精一杯頑張って来たつもりだが、何かまずいことがあったのだろう。

でなければ、こんな所へ呼び出されるわけがない。

「——村内左門《さもん》、参りました」

「ああ、ご苦労さん」

本部長は穏やかに言って、「まあ、かけなさい」

「はあ」

古ぼけたソファに腰をおろしたものの、村内の背中は定規《じょうぎ》でも当てたように真直ぐだった。

「そう固くなるな。——ゆったりしてくれ」

「はあ」

「君はN町の署長で、〈風谷《かぜたに》温泉〉の一帯も管轄《かんかつ》だね」

「その通りであります」

「そうか。——実はね、来月の二十日に、K国の大統領がこの県へみえる。姉妹都市だか何だか……。私もよく知らんがね」

と、本部長は言った。「それで、大統領は日本の温泉が大好きらしい。今までも、二、三度、地方の温泉へ入って、すっかり気に入ったらしいんだな」

「はあ」

「それで、今回はスケジュールの都合もあり、遠くまでは行っていられない。〈風谷温泉〉へご案内して、一泊していただこうということになった」

「大統領閣下が……〈風谷温泉〉においでに……」

「それで、まずどの旅館がいいか。それと、当日——二十一日になるが、やはり到着の際には、歓迎のパレードらしいものをやってほしいんだ。君に相談しようと思ってね」

村内の顔が紅潮した。

「では——その——大統領の歓迎の式典を私が……」

「まあ、そういうことだ」

と、本部長は肯《うなず》いて、「しかし、それほど大げさなことじゃないからな」

と、少し不安気に付け加えた。

もはや、村内の体は緊張のあまり硬直状態であった。

「では……早速立ち返りまして、この件につき、町民の代表とも会談いたし……」

と言う声も上《うわ》ずって引っくり返っている。

「うん。——まあ、よろしく頼むよ」

本部長は、村内ができそこないのロボットみたいにギクシャクと出て行くと、

「大丈夫かな……」

と呟《つぶや》き、デスクの電話を取り上げた。


「そういうわけで、わがN町に大統領をお迎えするに当っては、万が一にも、失礼があってはならん！」

と、村内は町の主だった面々と、〈風谷温泉〉の旅館の主人たちの顔を見渡しながら言った。

「そりゃえらいことだ」

と、町民の一人が言った。

「名誉なことだ」

「パレードはうんと華やかにやろう」

「町民総出だ。小学校も協力します」

と、校長が言った。

「ありがとう！」

村内は早くも感涙にむせんでいた。

――来年停年で退官する村内にとって、これは生涯最後の――いや、最初で最後の「晴れ舞台」である。

これまでこの小さな田舎町の署長といっても、何一つ派手に目立つようなことはなかった。それがK国の大統領である！

正直、そのK国がどこにあるのか、村内は知らなかったのだが、それは大したことではなかったのである……。

かくて、〈K国大統領歓迎実行委員会〉がスタートしたのだが……。

何しろ委員会の名前に〈実行〉を入れるか入れないかで二時間もめたくらいで、今までこの類のことに全く経験のない人間ばかりが集まっているので、何から手をつけたらいいかも分らない。

〈パレード〉をやるといっても、車はどうするのか。ブラスバンドは？　歓迎の小旗はどこで作っているのか……。

誰も知らないのである。

三回目の会合で、一同が途方にくれているとき、

「――失礼します」

と、見知らぬスーツ姿の女性が部屋へ入って来た。

「誰かね？　これはN町の重要な会議で……」

と、村内が言いかけると、

「これをご覧下さい」

と、その女性が一通の手紙を差し出した。

県警の本部長から村内へ宛《あ》てた手紙で、〈何かと慣れないことで困ることもあるだろうから、その道のプロを紹介する。イベントの類については、数々手がけて来て、慣れているから、彼女に希望を伝えて、細かいことは任せるといい〉とあった。

「西野由子と申します」

と、その女性は言った。「お手伝いさせていただければ幸いです」

まだ三十そこそこの若い女性に教えを仰ぐことに、不平のある頭の固い者もいたが、
大半はホッとして、彼女を歓迎した。

西野由子は、パレードや式典の大枠を決めると、

「いついつまでに、これを用意して」

「これはどうするか、今すぐに決めて」

「ここで決める必要があることはこれとこれ」

「予算を出して、まずその枠内で」

と、次々にスケジュールをこなしつつ、ポイントはあくまで村内を始めとするN町の人々に任せて、出しゃばらなかった。

やがて、N町の人々もすっかり西野由子を頼りにするようになった。

――〈風谷温泉〉のどの宿に大統領に泊ってもらうかで、かなりもめた。

「最も古い、伝統あるわが旅館に！」

「一番規模の大きいうちのホテルこそ」

「一番新しくて、設備の近代的な宿でなければ！」

と、各々主張して譲らなかったのである。

すると、西野由子は三日ほどフッと姿を消し、戻って来ると、

「これまで大統領の泊られた旅館で、話を聞いて来ました」

と、資料を並べ、「伝統的な作りの宿で、大統領の泊られる部屋のみ、至急手を入れて設備を新しく」

と、提案した。

N町が費用の一部を負担することも了解され、丸くおさまった。

そして、大統領訪問を一週間後に控えて、町はすっかり準備が整っていた。

「あなたのおかげだ」

と、村内は西野由子に言った。「我々だけでは、どうしていいか分らなかったよ」

「村内さん。あなたにはもう一つ仕事があります」

と、由子は言った。

「何かね？」

「オートバイに乗る練習をして下さい」

「オートバイ？　それくらい乗れるぞ」

「でも、大型のオートバイを、ゆっくり走らせたことはないでしょ？　歓迎パレードの大統領のオープンカーを、オートバイで先導していただくんです。ゆっくり走らせなければ」

村内の顔が紅潮した。

「私が……先導する？」

「もちろんです。町の通りをよく知ってらっしゃる方でないと。道を間違えでもしたら大変ですものね」

「うん……。そうか」

村内は、オートバイにまたがり、パレードの先頭に立って町の通りを進んで行く己れの姿を想像して、武者震《むしゃぶる》いした。

これは、県警本部長からの指示だった。

「引退の花道を飾らせてやりたい」

と、由子に言って来たのである。

古い白バイを一台、回してもらい、それをきれいに塗装し直して、さらに飾りつけまでした。

そして、村内は本番三日前から、そのオートバイに乗って、何度となくパレードの道をゆっくりと走らせた。

村内の妻は後に、

「あの三日間くらい、あの人が幸せそうだったことはありませんでした」

と語った……。

大統領がN町へやって来る当日は、村内の心配をよそに、きれいに晴れ上った、すばらしい日になった。

駅前には、町中の人が集まり、手に手に小旗を持って、大統領の到着を待っていた。

列車は二分ほどの遅れで前の駅を発車し、ほぼ時間通りに着くと知らされていた。

村内は、早くもオートバイにまたがり、エンジンをかけて待ち構えていた。

新たにあつらえた制服、白い手袋。

村内は正《まさ》に「人生のハイライト」を迎えようとしていた。

パレードといっても、小さな町だ。

駅前から大通りを進み、途中を左へ折れて、町の文化財ともいうべき古い建物の前を通って、小学校へ。――そこから〈風谷温泉〉へ向う。

目をつぶっていても走れる。

村内は自信満々だった。

そして、列車が駅へ入って来たとき、村内の体には熱く血がたぎっていた……。


「――何があったのか、誰にも分りません」

と、西野由子――宿の女将――は言った。「私はスタッフとして、当日駅前の人出を見下ろせる建物の窓の所に立っていました」

藍と真由美は、じっと由子の話に聞き入っていた。

「大統領は予定通りに到着し、お付きの人々と共に、駅前での歓迎に手を振って応《こた》えました。そしてオープンカーに乗り込み、パレードが始まりました……」

と、由子は言って、少し間《ま》を置いた。「先頭を、村内さんのオートバイが白く輝きながら進んで行きます。それは遠目にも立派なものでした。パレードは駅前の大通りを進み、途中で左へ折れる――はずでした」

のです」

「村内さんのオートバイは、左折すべき角を曲らず、真直ぐに進んで行ってしまったのです」

「まあ」

と、藍が目を見開いた。

「何十年も住み慣れた町です。間違えるわけがないのに……。でも、村内さんのオートバイは、行き過ぎてしまったのです」

由子は首を振って、「私はあわてて外へ出ました。——オープンカーも当然、オートバイについて、その角を曲らずに直進してしまいました。私が駆けつける前に、村内さんは間違いに気付いて停止しました」

真由美がふしぎそうに、

「戻りゃ良かったんでしょ？」

と言った。

「もちろんです。大したことではありませんでした。村内さんが大通りを戻り、オープンカーは大きくUターンできないので、そのままバックし、正しい角を曲って行きました。その後は、問題なく村内さんは立派にパレードを先導して、この〈風谷温泉〉まで到着したのです」

「それなら、めでたしめでたしね」

「それじゃ終らなかったんですね」

と、藍が言った。

「ええ」

由子は肯いて、「町の人々はホッとして、『署長はあがってたんだな』と、笑って言い合いました。誰も気にしてはいませんでした。本人を除いては」

「それで……」

「その夜、村内さんがいない、と奥さんが私の所へやって来ました。村内さんは『疲れたから寝る。起こすな』と言って、布団に入ったそうですが、夜になって見に行くと、布団は空《から》でした。奥さんは、村内さんがどういう気持でいるか、よく分っていたので、不安だったのです」

由子の表情がくもった。「町の人々が総出で、村内さんを捜《さが》しましたが……。結局、夜が明けてからでした。山の中で、太い木の枝から首を吊《つ》って死んでいる村内さんを見付けたのは」

真由美が目を丸くして、

「道、間違えただけで死んじゃったの？」

「分りますね」

と、藍が肯いて、「自分が完璧《かんぺき》にやりとげられなかったことが、許せなかった」

「村内さんにとって、一世一代の晴れの舞台だったんです」

と、由子は言った。「——大統領はとても満足して、N町の人々に感謝の言葉を残して帰国されました。でも、村内さんはそれを聞けなかったんです」

「気の毒に……。でも、西野さん、あなた——」

「私、どうしても責任を感じてしまって、この町に残ることにしたんです。ちょうどこの旅館の女将さんが引退なさることになって、私に後を頼みたいと言われ……」

「ちゃんと女将さんらしさが身についてますよ」

と、藍は言った。

「ありがとうございます」

と、由子は微笑《ほほえ》んだ。

「さて、それで——」

と、藍は座り直した。「幽霊の話っていうのは？」

3　案内人

「あれから三年たつのか……」

と、町長の寺井《てらい》は言った。

「早いものですな」

と肯いたのは、やせて神経質そうな白髪の男性。

町長の寺井がでっぷりと太っているのと対照的に、小学校校長の八田《はった》はヒョロリとやせている。胃でも悪そうである。

「わざわざおいでいただいて、申しわけありません」

と、西野由子が言った。「村内さんと特に親しくしておられた方に、お話を伺いたいと、こちらの町田藍様がおっしゃるので……」

「あの〈幽霊と話のできるバスガイド〉さんですな」

と、町長の寺井が言った。「週刊誌で読んで、この町のことをお願いできればとは思っとりました」

――〈涼風荘《りようふうそう》〉の食堂で昼食をとりながら、村内と親しかった人に話を聞くことにしたのだ。

ちゃんと昼食を旅館持ちで出す由子のやり方に、藍は感心した。

〈風谷温泉〉は、N町の一部ということになっているが、実際は少し離れた山の中である。

町長、小学校長に足を運んでもらうのだから、せめて食事くらい出そうという由子の心配りである。

「もう一人、森口《もりぐち》さんが……」

と、由子が言うと、寺井が笑って、

「あいつはいつも忙しくしとるからな」

そう言い終らない内に、バタバタと足音がして、

「やあ！　遅くなってすみません！」

と、汗を拭《ふ》き拭き、当の森口が入って来た。

「森口さん、お忙しいのにどうも……」

「いやいや、ここの客が減ると、N町の商店も打撃を受けますからな」

森口は、赤ら顔で頭の禿《は》げ上った男。

N町の商店会の会長をつとめている。

「――問題の、K国大統領がN町へ来られた日のことを、皆さんから伺いたいんです」

と、藍は言った。「どちらにおいででしたか？」

「私は一応町の代表として、駅前で大統領を出迎えました」

と、寺井が言った。「ですから、村内さんが道を間違えたのを、この目で見てはおらんのです。ただ、みんなが騒ぎ出したので、何ごとが起ったのかとヒヤリとしましたが」

藍は肯いて、

「どうしてあんなことになったのか、お考えはありますか」

「さあ……。村内さんがやはりあがっとったとしか思えないですな。何しろ慣れた道です。間違える方が難しいようなもんだ」

「私も校長として、大統領をお迎えすべく、学校の正門前に立っとりました」

と、八田校長が言った。「ですから、村内さんの様子は後で聞いて知ったのです」

「小学校への到着は遅れたんですか？」

「確かに、数分は遅れましたが、何があったかも知らなかったので、全く気にしていませんでした。むしろ、時間が少しぐらい狂うのは当り前と、こちらの西野さんから聞いてましたのでな」

「村内さんが、あの曲り角を曲らずに行ってしまうのを、この目で見ていたのは、この中では私だけですか」

と、森口がせかせかと昼食の松花堂弁当を食べながら言った。「女将さん、この弁当はいけますな。お宅の板さんはよくやってます」

「恐れ入ります」

「それで」

と、藍は言った。「そのときの村内さんの様子は？」

「そりゃまあ、得意満面って顔でしたよ。しかし、間違えたと気付いて戻って来たときは……」

と、首を振って、「私はちょうどあの角の所に立ってたんですが、村内さんは真青になって、ただごとじゃなかった」

「なぜ、曲るべき所で曲らなかったのか、どう思われます？」

「さあ、分りませんな。――やはり緊張のあまり、うっかりしたのと違いますか」

と、森口は言った。

そのとき、由子がふと窓の方へ目をやって、

「まあ、霧が……」

と、腰を浮かした。「山の中なので、昼間でもこんな風に突然霧が出るんです」

「濃い霧ですね」

と、藍も立って、窓の外を眺めた。

「ええ。――こんなときに、出るんです」

と、由子は言った。

「まあ、大したもんはないね」

と、君原が言った。

「そんなものよ、温泉町なんて」

と、山名良子が言って、「それでも、つい買っちゃう」

と、〈温泉まんじゅう〉を二箱入れた紙袋をガサゴソと揺らした。

「わあ、凄《すご》い霧」

と言ったのは遠藤真由美。

「おみやげを買いに出る」

という君原と良子について来たのである。

N町の商店街を見て歩き、旅館へ戻る途中だった。

昼間だから大丈夫とは思ったのだが……。

山中の道はたちまち深い霧に包まれて、何も見えない。

「こりゃ参ったな」

と、君原も足を止める。

キョロキョロ見回している内に、どっちに向って歩いていたのかも分らなくなってしまう。

「いやだ。どうする?」

と、良子が言った。

「どうする、ったって……。こう何も見えないんじゃな。この霧が晴れるのを待つしかないよ」

　と、君原が肩をすくめる。

　しかし霧は一向に晴れてくる気配がない。

「――何だか気味が悪いわね」

　と、真由美が言った。

　そのとき、

「困っておいでかな？」

　と、声がして、三人の前に、半ば髪の白くなった初老の男性が立っていた。

「この辺りの方ですか？」

　と、君原が訊く。

「ずっと昔から住んどりますよ」

　作業服のようなものを着込んで、穏やかな笑顔は、人を安心させるものがあった。

「どちらへ行かれます？」

「旅館へ。〈涼風荘〉というんですが」

「ああ。あそこはいい宿だ。西野さんって女将がとてもいい人でね」

　と、その男は肯いて、「ついてらっしゃい。連れて行ってあげますよ」

「でも、この霧じゃ……」

「平気平気」

と、男は笑って、「ここに何十年も住んどるんです。目をつぶってたって歩ける。この霧はしばらく晴れませんよ」

「そうですか。じゃあ……」

「こっちです。――離れんようにね。見失うと、もう分らなくなる」

君原たち三人は、その男の背中を見ながら歩いて行った。

――真由美がふと、

「川の音？　こんな音、したかしら？　さっきは気付かなかったけど」

男が振り向いて、

「こっちが近道なんだよ」

と言った。「じきに着くからね」

そのとき、真由美のケータイが鳴り出した。

「待って！――藍さんからだ」

と出て、「もしもし」

「真由美さん、大丈夫？　今、どこにいるの？」

「帰る途中で霧に包まれちゃって。地元の方に出会って、案内してもらってるの」

「真由美さん！　だめよ！」

と、藍が叫ぶように言った。「その人について行っちゃだめ。今、迎えに行くから!」

「藍さん――」

「その人は人間じゃない」

真由美はゾッとした。

「――どうしたね?」

と、男が振り向く。

「私の言う通りに言って」

と、藍は言った。

真由美は、大きく息を吸い込むと、目の前の男へ、

「署長さん、これはあなたの役目じゃありません」

と言った。

とたんに、その男は大きく目を見開いて、スッと霧の中へ姿を消した。

「何ごとだ?」

と、君原が言った。

「藍さんが――」

と、真由美が言いかけたとき、あれほど濃かった霧が一瞬の内に晴れていった。

「キャッ!」

と、良子が声を上げた。

真由美も思わず君原の腕をつかんだ。

三人は、急流を見下ろす崖《がけ》の上に立っていたのだ。崖の端まで、ほんの数十センチしかない。

「あと二、三歩行ってたら……」

と、真由美が青ざめた。

「三人とも崖から落ちてたぞ。——あの男は？」

「今の人——幽霊ですよ」

と、真由美が言うと、「ウーン」と呻《うめ》き声がして、良子がその場に引っくり返った。

「おい、しっかりしろよ！——おい！」

君原があわてて抱き起こす。

そこへ、

「真由美さん！」

と、声がして、藍が西野由子と急いでやって来るのが見えた。

4　恨み

「どうして俺《おれ》を連れて行かなかった！」

と、社長の筒見が言った。

「声をかけたけど、『俺は昼寝する』って言ったじゃありませんか」

と、君原が苦笑して、「大体、もうちょっとで死ぬところだったんですよ」

そう言われると、筒見も渋々、

「ま、今俺が死んだら、みんな路頭に迷うわけだしな」

と、腕組みして、「しかし、幽霊と分ったら、捕まえて独占契約をしたかった」

「命と引き換えにですか」

と、呆《あき》れて藍が言った。

「——でも、ご無事で何よりでした」

と、西野由子がお茶を出しながら言った。

旅館のラウンジで一息ついているところだった。

「こんなことがちょくちょくあったんですか？」

と、真由美が訊いた。

「ええ。一度は車でこの温泉に向って来られた方が、霧で立ち往生してしまい、そこへオートバイに乗った男の人が現われて、『道案内してやるからついて来い』と……」

「どうなったんですか？」

「車は道を外れて、急な斜面を転がり落ちました。でも、幸い木に引っかかり、その間に車から脱《ぬ》け出したので、軽いけがですんだんです」

「そのオートバイ、もしかして……」

「村内さんだったと思います。もっとも、その方は早々に帰ってしまわれたので、確かめることはできませんでした」

「写真、あります？」

と、真由美が言った。

「お持ちしました」

由子が写真をテーブルに置く。

真由美たちが覗《のぞ》き込んで、

「——この人だ！」

「間違いない」

と、君原が肯いた。「やれやれ、僕らもついに幽霊を見るようになったか」

「私、憶《おぼ》えてない」

と、良子がそっぽを向いた。

「他《ほか》にも被害があったんですか？」

と、藍が訊いた。

「ええ。ハイキングしていた大学生とか、家族連れのお客様とか……。幸い、まだ亡くなった方はありませんけど、けがをした人は何人か」

「それが噂《うわさ》になってるんですね?」

「そうなんです。被害にあった方の一人が、旅行本のライターの方で、雑誌にそのことを書かれたものですから……。この一年、すっかり客足が遠のいてしまいました」

と、由子はため息をついた。「このままでは、閉めてしまう旅館も出てくるでしょう」

真由美は藍を見て、

「藍さん。何を考え込んでるの?」

「おかしいな、と思ってね」

「何が?」

「村内さんの幽霊が出るというのは、何かこの世に心残りがあるということです。――でも、村内さんの死はご自分で責任を感じられてのことでしょう。この温泉やN町を困らせるようなことを、なぜ……」

「お化けが何考えてるかなんて、分らないわよ」

と、良子がふくれっつらで言った。

「でも、あの人言ってた」

と、真由美が思い出して、「ここの女将はいい人だって」

「それは前の女将さんのことですよ」

と、由子が言った。

「いいえ！　ちゃんと『西野さん』って名前を言ってたもの。ねえ？」

「ああ、言ってた」

と、君原が肯いた。

「そんな……。そんなことを？」

由子は涙ぐんで、「私なんか、少しもお役に立てなかったのに……」

藍は、ふと顔を上げて、

「村内さんの奥様はどうしておられるんですか？」

と訊いた。

「はあ。つねさんとおっしゃって、今でもN町の町外れにお住いです」

「お話をしたいんです。連れて行っていただけません？」

それを聞いた筒見はすかさず、

「おい、何なら未亡人と契約して来い」

と言った……。

「このお宅です」

と、由子が言った。「――町田さん。どうかなさいました?」

藍は、そのごく普通の一軒家をじっと見つめて立っていたが、ふっと我に返って、

「すみません。何でもないんです」

と、首を振った。「じゃ、行きましょう」

由子が玄関の引戸を開けて、

「つねさん。――西野です。こんにちは」

と、声をかける。「つねさん。おいでですか」

少しして、

「はいはい」

と、奥から白髪の婦人が出て来る。「まあ、由子さん。よくいらしたわね」

「お客様をお連れしました」

藍が挨拶《あいさつ》すると、未亡人はちょっとの間藍を眺めていた。

「以前、どこかでお会いしたことがあるような気がするわ。さあ、どうぞ」

居間へ通されて、藍は、

「お気を悪くされると申しわけないんですが……」

「あなたのことは伺ってます」

と、つねは言った。「死んだ人間と話がおできになるとか」

「場合によってですが」

「でも羨《うらや》ましいわ。私もそうできたら、主人と色々話したいことがあるのに」

と、つねは微笑んだ。

「つねさん」

由子が少し言いにくそうに、「実は今日、こんなことが……」

と、真由美たちの災難について話すと、

「――じゃ、本当に主人だったと？」

「ええ。写真を見ていただいて、はっきりそうおっしゃいました」

「何ごとでしょうね」

と、つねはため息をついて、「どうせなら私の所へ出てくれればいいのに」

「ご主人が、何かこの町に恨みを持ってらしたということはありませんか」

と、藍は訊いた。

「いいえ。主人は誰よりもこの町を愛していました。町のためにならないことをするなんて、考えられません」

つねがきっぱりと答えた。

「そうですか」

「そのことは町中の人が分っています」

と、由子が言った。

「ありがとう、由子さん。――私たちは子供がいなかった。あの人は、あなたのことを、娘のようだと言っていました」

「もったいない……」

と、由子が涙ぐむ。

「まあ、私としたことが。――お茶をいれましょうね」

「いえ、もう失礼しますので」

と、藍が立ち上って言った。

廊下へ出ると、藍は、壁に沿って張られた綱に目を止めて、

「奥さん。この綱は？」

と訊いた。

「ああ、私もすっかり足腰が弱ったのでね、これにつかまって……」

藍は首を振って、

「それなら、もっとしっかりした手すりにしなくては役に立ちません」

「藍さん、それって――」

「奥さん。隠さずにおっしゃって下さい。ご主人はほとんど目が見えなかったのではありませんか？」

つねがハッと息をのむ。

そして——少し間を置いて、

「おっしゃる通りです」

と肯いた。「白内障で、特にあの直前から急に悪くなっていました」

「つねさん！　村内さん、そんなことひと言も——」

「みんなに心配させたくない、と。それに、パレードの先導をする役目がつとまらないと思われるのを、何より恐れていました」

「じゃ、当日も……」

「ほとんど見えていなかったのです」

と、つねは言った。「あの前の三日間、主人は何十回もオートバイを走らせて、見えなくてもちゃんと道を辿れるよう、練習していました」

「じゃ、当日はなぜうまくいかなかったんでしょう？」

つねは答えず、代りに藍が言った。

「それを確かめるには、もう一度村内さんに出ていただかないと」

由子が目を丸くした。

ずいぶん遅くなった。

森口は山道を車で辿っていた。

隣町での商店主の会合で、いささか――いや、大分酔っていた。

当然、「酔っ払い運転」で逮捕されるところだが、こんな所にパトカーはいない。

それに、少々酔っていても、慣れた道で、不安はなかった。

もう五分もすれば……。

「わっ！」

森口は急ブレーキを踏んだ。

道に木が倒れていたのだ。

「――畜生。台風も来ないのに！」

車を降りて、倒れた木を動かそうとしたが、一人の力では無理だった。

「参ったな……」

と、息をつくと――。

何だ？

辺りが白く煙って来た。

そして、すぐに渦巻くような濃い霧が森口を包んでしまったのである。

「どうなってるんだ？――動けないじゃないか」

と、ブツブツ言っていると、

「——俺が案内してやろう」

と、声がした。

「誰だ？」

森口は、白い霧の向うにぼんやりと人影が浮かび上るのを見た。車のライトしか明りはない。

だが、その人影は背後に白い光を負っていた。——制服が見えた。見憶えのある制服だ。

「あんたは……」

「遠慮するな。案内してやる」

どこか遠い感じの声が言った。「間違いなく地獄へな」

森口の顔から血の気がひいた。

「村内……。あんたなのか？」

「俺が先導してやる。ついて来い」

「やめてくれ！」

森口はあわてて車へ駆け戻ったが、ドアに手をかけようとすると、突然車はバックして行ってしまった。

「おい！　待ってくれ！」

森口は立ちすくんだ。

「お前は約束を破った」

耳もとで声がして、森口は飛び上った。

「村内！　許してくれ！」

と、うずくまってしまう。

「なぜ約束を破った？　なぜ合図しなかった！」

「俺は……俺は……何も役目を振られなくて、腹が立ったんだ。町長も校長も、それにあんたも、いいところを見せられるのに、俺は沿道で見ているだけ……。しゃくにさわって、つい、あんたが目の前を通り過ぎて行くのをそのまま見送っちまった……。勘弁してくれ！」

するとと、

「もういいでしょう」

と、声がして、辺りが一斉《いっせい》に明るくなった。

森口が呆気《あっけ》にとられて、しゃがみ込んでいると、

「森口さん」

と、藍が進み出て、「あなたは村内さんの目が悪くなっているのを知って、ちょうど曲り角の所で合図の音を出すと約束したんですね。でも、当日、あなたはその合図をし

なかった。村内さんは、あなたを信じてオートバイを真直ぐ進めて行った……」

「何て人でしょう!」

つねが歩み寄ると、「あんたは主人を殺したのよ!」

「奥さん……。あんなことになるとは……。そんなつもりはなかったんです!」

と、森口は頭を抱えた。

霧はすぐに薄れていった。

「ご苦労さまでした」

藍は、特殊効果のスタッフに礼を言った。

「うまく行きましたね」

と、制服姿の役者が言った。「お役に立てて良かった」

「ありがとう」

藍は握手をして、「君原さん! もう出て来て」

森口の車のドアが開いて、君原が出て来た。

「やれやれ、床にうずくまって車を動かすのは大変だった」

「ご苦労さま。でも、これも人助け――幽霊助けよ」

真由美がやって来て、

「こういうことだったの。――だけど、村内さんの幽霊、どうして森口の前に出なかったの？」

「出たかったと思うわ。でも、しくじったのはあくまで自分の責任だという気持があって、出られなかったのよ。その一方で、恨みを晴らしたいという思いもあって、幽霊騒ぎで客がいなくなれば、商店会会長の森口を困らせられると……」

「はた迷惑なことでした」

と、つねは言った。「もう、これで主人も満足でしょう」

「そうですね」

藍は肯いて、「お二人で、仲良く過されて下さい」

「あなたはご存じでしたのね」

「ええ。お宅の前に立ったときに。それに、ご主人がなぜ西野さんを女将と知っておられたのか。亡くなった後のことを知っておられたのは、誰かに聞いたからです」

由子がふしぎそうに、

「町田さん、何のことです？」

と言った。

「あなたも幽霊と会っていた、ということです。つねさんは、もうご主人の後を追って、亡くなっていたんですよ」

「――まさか」

と、由子が思わず笑うと、つねの姿がかき消すように見えなくなった。

「やった！」

と、真由美が飛び上って、「私、幽霊二人も見ちゃった！」

「どうして消える前に頼まなかった」

と、筒見は不満げに、「せめてツアーの二、三回やるまで、消えるのを待ってくれと」

「無茶言わないで下さい」

と、藍は苦笑して、「ここの料金、安くしてもらっただけで充分ですよ」

一行は〈涼風荘〉をチェックアウトするところだった。

「——色々ありがとうございました」

と、由子が見送りに出て来た。「村内さんご夫婦の慰霊祭をしようと相談していますの」

「あなたも女将業、頑張って下さい」

「ええ。今度の件で、色々取材が入っているんです。町と温泉のＰＲになりますわ、きっと」

「村内さんも喜ばれますよ」

藍は、しっかりと由子の手を握った。

君原の運転するマイクロバスで、〈すずめバス〉の一行は〈涼風荘〉を後にした。

由子がずっと見送って、手を振っている。

「なかなかいい女だったな」

と、筒見は言って、「あれは幽霊じゃなかったんだろうな？」

「さあ」

藍は肩をすくめて、「そういえば、握った手がいやに冷たかったような……」

と、真顔で言ったのだった……。

元・偉人の生涯

1　名刺

ごくありきたりのマンションだった。

町田藍は、バッグから折りたたんだファックスを取り出して、

「ここに間違いないわよね」

と、確認した。

大分古びたマンションのロビーへ入ると、何だか少し薄暗かった。受付のカウンターはあるのだが、人の姿はない。

藍は、カウンターの所に立って、

「あの……すみません。どなたか……」

と、声をかけてみた。

しかし、返事もないし、誰《だれ》かが出て来るわけでもなかった。

ロビーに並んでいる郵便受を見たが、藍はちょっと首をかしげて、もう一度、受付のカウンターに戻ると、

「誰かいませんか」

と、呼んでみた。

すると、

「誰もいないわよ、受付には」

と、声がした。

エレベーターから出て来た主婦である。

買物に出るのだろう、カートをガラガラ引張っている。

「あの――このマンションに、〈国際政治研究所〉というのがあります？」

と、藍は訊《き》いた。

「ここに？」

「ええと……確かにこのマンションらしいんですが、代表が小笠原《おがさわら》さんという方で」

「ああ、何だ」

と、その主婦は笑って、「小笠原さんならいるわよ。そういえば、〈国際〉何とか、って看板出てたかな」

「どの部屋でしょう？　〈小笠原〉って名前がないようで……」

と、郵便受へ目をやる。

「ああ、そうね。〈小笠原〉じゃなくて、〈一力亭《いちりきてい》〉って名前で出てるでしょ」

「ああ……。〈一力亭〉って、レストランか何かですか」

「ううん。芸名だったそうよ、昔の」

「芸名？　芸人さんだったんですか」

「大昔にね。あんたの年齢《とし》じゃ知らないでしょう」

「聞いた憶《おぼ》えがないです」

「ともかくそこよ」

「どうもすみませんでした」

と、藍は礼を言った。

「いいのよ。エレベーターで三階ね。古くてときどき途中で停《とま》ることがあるから、階段で行った方が安全かも」

「――そうします」

やれやれ……。

階段も、明りが点《つ》いていなくて暗く、楽じゃなかった。三階よりも上だったら、危険を承知で（？）エレベーターを使っただろう。

〈一力亭〉？

でも、芸人がなぜ〈国際政治研究所〉なんだ？

藍は首をかしげた……。

——町田藍はバスガイドである。〈はと〉なら大手だが、そこをリストラされて今は最小手（？）の〈すずめバス〉に勤めている。

〈すずめバス〉は社長の筒見哲弥《てつや》の下《もと》、まあそれなりに「家族的」で「手作り」のバスツアーを売りものにしていた。

いや、正確には「誰もが何でもこなすこと」で、やっと成り立っていると言うべきかもしれない。

「——ここか」

藍はちょっと息を弾《はず》ませていた。

確かに、玄関のドアの傍《そば》に、〈国際政治研究所〉の看板があった。しかし、文字はかなり薄れていて、もう少し暗くなったら読めないかもしれない。

表札は〈一力亭〉とある。

藍はあまり気が進まなかった。いやな予感がした、と言えば大げさだが、このまま回れ右して帰った方が身のためだ、という囁《ささや》きが聞こえたような気がする。

でも——〈すずめバス〉にとっては、どんな小さな仕事でも無視はできない。

ドアの前で、それでもためらっていると、不意にドアが中から開いた。

「〈すずめバス〉の方？」

と問われて、あわてて、

「はい！　〈すずめバス〉から参りました。小笠原さんでいらっしゃいますか」

「ええ。どうもご苦労さま。——さ、どうぞ上って」

こうなったら仕方ない。

「お邪魔します」

と、藍は部屋へ上った。

せいぜい2ＬＤＫくらいの間取りだろうか。どこか雑然としている。

ともかく、藍はバッグを開けると名刺を出して、

「〈すずめバス〉営業第一課の町田と申します」

口にするのも恥ずかしい。

〈営業第一課〉とは、よく言ったもんである。

一課も二課もない。大体、〈すずめバス〉に〈営業〉など存在していないのだ。

藍の如《ごと》く、バスガイドをしながら、乗務していないときに、こうして「営業まがい」のことをしているのである。

名刺なんて、今はパソコンで簡単に作れる。

「どうも……。私はね、まあ、ご存じでしょうが」

小笠原は、見たところ七十代の半ばは過ぎているだろう。半分くらいは禿《は》げ上って、残った髪も真白で、ずいぶん老けた感じである。

出された名刺には、〈一力亭〉とある。

「それは僕の芸名。聞いたことあるでしょ」

当然、という口調で言われると、「知りません」とも言いにくく、

「はあ、聞いたことは……」

「まあ、あなたはお若いからね」

と、小笠原は言って、「裏を見て」

裏？——名刺を裏返すと、〈小笠原圭助《けいすけ》〉という名が大きく刷られ、さらに、ひげを取らない大きさの文字で、〈元参議院議員〉とあった。


「びっくりしたわ」

と、藍は言った。「〈元何々〉なんて肩書で名刺を作る？」

「そうだな」

バスのハンドルを握っているのは、君原である。〈すずめバス〉きっての二枚目ドライバー。

「名刺って、その人が『今、何をしてるか』を書くもんでしょ。今の連絡先とか。——それが〈元参議院議員〉ですものね。何と言っていいか、分らなかったわ」

「いつごろのことだ？」

「全然記憶なかったけど、そうも言えないでしょ。『僕のこと、思い出したでしょ』って言われて、『ええ』って答えといた。帰ってから調べてみたら、もう三十年以上も前のことなの。いわゆる〈タレント議員〉のはしりね」

「じゃ、もともとはタレント？」

「そっちの方はもっと憶えてない。人に訊いたら、やっと『そう言えば、そんなのがいたな』って」

「その程度か」

「でも、当人は〈一力亭〉って芸名の方が通りがいいと思ってるの。何をやってたタレントなのか、全然分らない」

——バスは、夜の町を走っていた。

乗客はいない。これから小笠原圭助が数十人の「支持者」を連れて乗り込んで来ることになっている。

「バスを借り切って、何しようって言うんだ？」

と、君原は言った。

「それがね、〈銅像除幕式ツアー〉なんだって」

「銅像？」

「ええ。何だか、出身地の町に、あの小笠原って人の銅像が建つらしいの」

「へえ！」

「地元じゃ有名なのかも」

と、藍は肩をすくめて、「ま、ともかく仕事は簡単。その人たちを、出身地の町まで運べばいいんだから」

「今回は出ないのか？」

「何のこと？」

「幽霊だよ」

「やめてよ。あの人、相当に影は薄いけど、ちゃんと生きてるわ」

と、藍は顔をしかめた。

——町田藍は人並み外れて〈霊感〉が強く、しばしば幽霊を見たり、出会ったりする。〈すずめバス〉の社長、筒見はその藍の特技を活《い》かして、〈幽霊と出会うツアー〉を企画。これが〈すずめバス〉の目玉商品になっていた。

しかし、引張り出される藍の方はたまったものではない。

会いたくもない幽霊に会って、恨みごとを聞かされたり、八つ当りされたり……。

それでも、この世に幽霊が残した「恨み」を晴らしてあげて感謝される（？）こともあり、そんなときには自分の「特殊能力」を誇りに思うこともあった。

まあ、しかし大方は「ありがた迷惑」の域を出ないので、藍としては逃げたいのが本音なのである……。

「——もうそろそろだな」

と、君原が言った。「しかし、こんな夜中にバスに乗り込むなんて珍しいぜ」

「そうね。でも、向うに着くと朝になるでしょう」

「そうだな。夜明けの少し前ってとこか」

「ともかく、お金払ってくれるんだから、文句言うこともないわよ」

もっとも藍としては、内心いささか不安ではあった。

あの小笠原という〈元参議院議員〉が、支持者によるツアーの集合場所として指定したのが、神社の前だったのである……。

2　先生と秘書

「あの鳥居の所だわ」

と、藍は君原に言った。

「何だか、ずいぶん寂しい所だな」

「仕方ないじゃないの」

「本当にお化けでも出そうだぜ。何か感じない？」

「今のところはね」

と、藍は正直に言った。「ともかくバスを寄せて」

鳥居の正面に停《と》めるわけにもいかないので、少し手前でバスを道の端へ寄せて停める。

「誰か来るぞ」

ライトの中に、白っぽいスーツの女性が浮かび上った。

藍は、バスを降りて、

「〈すずめバス〉の者です」

「まあ、どうもご苦労様です」

と、急ぎ足でやって来たのは、もう六十歳にはなろうかという、白髪の女性。

スーツ姿がいかにも似合っていて、

「私、小笠原先生の秘書をしております、三谷《みたに》しのぶでございます」

と、鞄《かばん》を小脇《こわき》に抱えて挨拶《あいさつ》する。「先日は出かけておりまして、営業の方にお目にかかれませんでしたが、とても感じのいい方だったと、小笠原が申しておりました」

「恐れ入ります」

同じ人間がバスガイドとして来ているとは思うまい。

藍は周囲を見回して、

「あの――まだお客様はどなたも?」

「今、先生が案内してみえると思います」

と、三谷しのぶは言った。

「バスはここでよろしいですか？」

「ええ、もちろん。——あ、先生ですわ」

鳥居をくぐって、あの小笠原圭助が背広姿でやって来た。

「先生、こちらです」

「——やあ、これはどうも」

小笠原は、藍と握手をすると、「今日はよろしく」

「こちらこそ」

「僕はね、昔こういう名前で……」

藍のことを、打合せに来たのと同じ女性と分らないようで、藍はもう一枚同じ名刺をもらうことになってしまった。

「いや、こんな遅くに申しわけない」

「とんでもない。あの——お客様は……」

「もう乗っていただこうか。——皆さん、こちらです！　このバスで懐しい故郷まで参ります。——三谷君、ちゃんとチェックしてくれよ」

「はい。承知しております」

三谷しのぶが、鞄からリストを出して、「どうぞお乗り下さい。——あ、永井《ながい》様、いらっしゃいませ。——太田《おおた》様、いつもお世話になります。林《はやし》様、お変りございませんか。——まあ、佐々木《ささき》様！　相変らずおきれいでいらっしゃいますこと！」

「どうぞ、席は決っておりませんからご自由に。——やあ、どうも！　どうもありがとうございます！」

——藍は呆然《ぼうぜん》と立ちすくんでいた。

今、次々に乗り込んでいるはずの客たちは、まるで「存在しなかった」のである。

「——どうも、わざわざ。——いや、お懐しい！」

小笠原は、「幻の客たち」と挨拶を交わし、秘書の三谷しのぶは、リストを見ながら、一人一人チェックしている。

しかし、バスの中は空《から》っぽのままだ。

君原も呆気《あっけ》に取られて、藍の方を見る。

どうなってるんだ？　君原の目はそう問いかけていたが、藍もただ黙って肩をすくめるしかなかった。

「さあ——、もう全員かな」

と、小笠原が言った。

「はい、このリストの方は、皆さんおいでになりました」

と、三谷しのぶが肯《うなず》く。

「よし。じゃ、出かけよう」

小笠原は、藍へ、「ではよろしくお願いしますよ」

と言った。

仕方なく、藍は、

「かしこまりました」

と答えるしかなかった。

「ですが、先生――」

と、三谷しのぶが小声になって、「宣子《のぶこ》様がまだ……」

「あいつを待つことはない」

と、小笠原は冷ややかな口調で言った。

「でも、もう少しお待ちになっては？」

「いや、もう集合時間は過ぎている。来ないのが悪いのだ」

「それはそうですけど……」

と、口ごもっていた三谷しのぶがパッと目を見開いて、「ほら、みえましたわ！」

藍は、鳥居をくぐって、若い娘がやって来るのを見た。――今度は本物の人間だ。

「宣子様、こっちです」

と、三谷しのぶが手招きする。

「間に合ったのね」

と、その娘は言った。

二十歳を少し出たくらいか。

「今日のガイドの町田さん」

と、三谷しのぶが言った。「こちら、先生のお嬢様で、宣子様です」

「ようこそおいで下さいました」

と、藍は少しホッとして、「どうぞお乗り下さい」

「ありがとう」

小笠原圭助の娘にしては若い。ずいぶん遅くなってからの子だろう。

色白の、整った顔立ちの娘である。

「もう、席はかなり埋っているからな」

と、小笠原が言った。「どこか探して座れよ」

「うん」

宣子はバスに乗り込んで行った。

バスは深夜の道を走り続けている。

藍は座席の方へ目をやった。

「満席」に近いはずの座席は、むろんガラガラで、小笠原と秘書の三谷しのぶは一番前の席に並んで座っていた。

バスが走り出してしばらくは、小笠原と三谷しのぶがバスの中を回って、一人一人の「お客」と話をしていたのだが、そのうち席に戻ると、やがて寝入ってしまった。

やはり、二人とも年齢で、大分くたびれるのだろう。

藍は、どうしようかと迷った。

余計なことに口を出す必要はない。放《ほう》っておけばいい。

そう思いつつ、つい席を立って、バスの後ろの方の座席へと歩いて行ってしまう……。

「――よろしいでしょうか」

と、藍は、小笠原宣子にそっと声をかけた。

「どうぞ」

宣子の方も、藍がやって来るのを予期していた様子だった。

「おやすみにならないんですか」

と、藍は言った。「他のお客様は皆さんおやすみのようですが」

宣子は微笑《ほほえ》んで、

「ご心配なく」

と言った。「私は幻なんか見ませんから」

藍はホッとして、

「良かった！　私の方がどうかしてるのかと思いました」

「そんなこと――。幽霊を見るバスガイドさんでしょ？」

「え？　私のこと、ご存じ？」

と、目を丸くする。

「ええ。このバス会社に頼むようにすすめたの、私なんですもの」

「そうでしたか」

藍は却《かえ》って不安になり、「でも、どうして私に？」

「だって、父やしのぶさんのこと、気味悪がらずに接して下さるかな、と思って。それと――」

と、宣子は付け加えて、「万一、本物が出たときのために」

藍は顔をしかめて、

「出るんですか？　でも、お父様や三谷しのぶさんからは、そういう雰囲気を感じませんけど」

「そう？　だったら大丈夫かな。でも、本当に危いのは、目的地だと思います」

藍は空いた席に腰をかけ、

「お父様は本当に信じてらっしゃるんですね」

と訊いた。

「そのようです。私は父の心の中まで分りませんけど」

「秘書の方は？」

「しのぶさんは、父にもう四十年近くついて来た人です。父が国会議員なんかになる前、〈一力亭〉の名で、今で言うお笑いタレントをしていたころ、しのぶさんは父の付人《つきびと》でした」

「そのころから……」

「やがて父は、ごひいき筋の議員の方にすすめられて、参院選に出馬。〈タレント議員〉がワッと出た年で、父も当選しました」

「あなたのお生れになる前ですね」

「もちろんです。その辺のことは母から聞かされました」

「お母様……」

「もちろん、政治のことなど一つも分らない父は、政党にしてみれば、ただの『数』の内でしかなかったわけで、父も一期限り。次の選挙ではみごとに落ちました」

「そうでしょうね」

「でも、議員の間は、そりゃあ我が世の春で、付人のしのぶさんを個人秘書にして、

『先生』『先生』と言われて、幸せの絶頂だったようです」

と、宣子は言った。「タレントのころは、ろくな収入もなかったのが、与党の議員となると、どこからかよく分らないけど、ふしぎにお金が集まるようですね。父も、『先生』だったころに、若い愛人を囲ったりしていたそうです」

「でも、議員でなくなってからは？」

「それでも、『元議員』の肩書で、方々の講演会に呼ばれたり、私立大の客員教授になったりして、しばらくは困ることもなかったようです」

「それであの名刺を」

宣子は苦笑して、

「みっともないでしょ？　議員でなくなって何十年もたつのに、未《いま》だに『元議員』ですものね」

「今でも、講演などをされているんですか」

「ときどきは。――さすがに女を囲っておく余裕はないようですが。それに、何と言っても、もう若くありませんからね」

「お母様は……」

「母は大分遅く私を産んで、その十年後に亡くなりました」

と、宣子は言って、ちょっと首を振ると、

「母がいたら、こんなことには……」

「いつごろからですか、お父様が、その……」

「この数年だと思います。正確には私も知らないんです。結構忙しそうに、講演だ、パーティのスピーチだと出歩いていて。でも、その割に生活は苦しくなっていくのが分りました」

「三谷しのぶさんは分っておられるんですね」

「しのぶさんが、本当に父と同様、かつての支持者の方々の幻を見ているのか、それとも父に合わせて、見えるふりをしているだけなのかは分りません」

宣子は座り直して、「藍さん、お願いです。力を貸して下さい！」

と、頭を下げた。

藍は面食らって、

「あの——そうおっしゃられても」

「私、心配なんです。これから行くS町は父の生れ故郷ですけど……」

「そこにお父様の銅像が——」

「信じられないんです。議員のときならともかく、今になって銅像なんて」

「その話も幻かもしれないと？」

「分りません。ともかく行って何もなかったら、父がどうなるか心配で。——お願い、力を貸して下さい」

ここまで話を聞いて、いやとも言えず、藍は、

「できるだけのことはします」

と、約束してしまったのだった……。

3　町

「おかしいな」

と、君原が言った。

少しウトウトしかけていた藍は、そのひと言で目が覚めて、

「どうしたの？」

と、前方へ目をやった。

ほとんど左右は林ばかり。

ということは、真暗な中を走り続けているのである。

「いや、そろそろS町が近いと思うんだけど……。案内の矢印とか何もない」

「見落としてない？」

「たぶんね。——気を付けて見ててくれ」

「ええ、いいわ」

バスのライトの中に、道が浮かび上っている。他の車も全く見えない。

藍は振り向いて、宣子も眠っている様子なのを見ると、

「銅像の話が本当かどうか……。もし、そんな話がなかったら、どうしたらいいかしら」

「おい、俺《おれ》たちは、このご一行様を送り届けるだけだろ？　一泊するとは聞いてないぜ」

「分ってるわよ。——キャッ！」

藍が思わず声を上げた。

ライトの中に突然人の姿が浮かび上ったのである。

道の端に立って、何やらプラカードらしいものを持っている。

バスが急停車すると、その男は駆け寄って来た。

「小笠原先生のご一行ですね？」

「ええ、そうです」

「道を迷われるといけませんので。この先の分れ道が分りにくいんです」

背広にネクタイの姿が、いかにも垢抜《あかぬ》けない、初老の男性。

そして手にしたプラカードには、〈わが町の誇り！　小笠原先生歓迎！〉と、大書さ

れていた。

その騒ぎで小笠原たちも目を覚まして、

「やあ、中本君《なかもと》じゃないか！」

と、小笠原が声をかける。

「先生、少しもお変りなくて」

「いやいや、老けたよ。中本君も同様だろ。バスを出迎えに、こんな所まで？」

「ここから乗って、ご案内します」

中本という男、バスに乗り込んで来ると、君原のそばにくっついて、

「そこを左へ。すぐにカーブがあるから気を付けて」

と、ナビゲーターを始める。

もっとも君原としては迷う心配がなく、楽である。

「――さあ、皆様、そろそろS町です。お目覚め下さい」

と、三谷しのぶが声をかけ、少なくとも一人――宣子だけは目を覚ました。

バスは、雑草の生い繁《しげ》った中、林の奥へと進んで行く。

――妙だわ、と藍は思った。

普段から使っている道なら、こんなに雑草が生い繁って来ないだろう。

中本という男が、藍の考えていることを察したように、

「いつもはこの道は使ってないんですが、大型バスにはこっちの方が通りやすいので」

と言った。「もうじきですから」

「ああ！　憶えてるぞ、この辺りは」

と、小笠原が懐しそうに、ライトの中に浮かび上る光景を見て言った。

「そこを抜けると、もう町へ入ります」

と、中本が言った。

バスは少し曲りくねった道を抜け、下り坂へ入った。

両側に大きな岩が迫った谷間を抜けた瞬間、藍は目を疑った。

目の前にまぶしいほどの光が溢《あふ》れた。

町だ。――大きな町ではないが、全戸が目一杯に明りを点けているのか、ここばかりは真昼のように明るい。

そして、正面には巨大な横断幕で、

〈小笠原先生、お帰りなさい！〉

という文字が風に揺れていた。

人々が――町中の人間が総出という感じで、一斉にワーッと声を上げた。

「先生！　先生！」

三谷しのぶの方が先に涙声になっている。

「うん。——ありがとう！」

小笠原は、席を立つと、「バスを停めてくれ！　ここで停めてくれ！」

と、上《うわ》ずった声で言った。

君原がバスを停め、藍は扉を開けた。

小笠原がバスから降り立って、町の人々が手を振りながら駆け寄って来る。

大人も子供も、年寄りも、赤ん坊をおぶった母親も。

「先生！」

「よく戻って来られました！」

「お帰りなさい！」

次々と差し出される手を握りながら、小笠原はもうとめどなく涙を流していた。

「——驚いた」

と、宣子がバスの外へ出て言った。「本当に、父を歓迎してる」

「そのようですね」

藍は、何とも言いようがなかった。

「みんな、落ちついて！」

と、声がして、人々をかき分けるように、でっぷりと太った頭の禿げ上った男がやって来た。「やあ、圭助！　分るか、俺が？」

小笠原はちょっとの間、戸惑っていたが、

「もしかして……西山《にしやま》か？」

「当りだ！　よく分ったな！」

「そのたれ目は忘れんさ」

二人は笑って手を取り合った。

「さて、ここらできちんとけじめをつけんとな」

西山という男は咳払《せきばら》いすると、「小笠原先生！　Ｓ町は先生を町の誇りと思っております！」

「おい、西山――」

「町を代表して、町長、西山茂也《しげや》が、先生をご案内します！」

「町長だって？　お前が？　学校一のできん坊主だったお前が町長？」

と、小笠原は笑った。

「さあ、銅像の場所へ案内しよう。ただし、除幕式は明日だ。それまでは見てはいかんぞ」

二人は肩を組んで歩き出した。

町の人々が、二人を取り囲むようにしてついて行く。

「――三谷さん」

と、藍は言った。「バスにお乗りのお客様はどうなさるんです？」

三谷しのぶは振り返った。――どこか、さめた表情だった。

「ご迷惑かけました。誰も乗っていないことは分ってたんですけど」

「小笠原さんもですか？」

「さあ……。初めは二人のゲームのようなものでした。私が支持者からの励ましの手紙を書き、投函《とうかん》しました。それを私が先生の前で読み上げる。――先生は涙を流して感動されたものです。特に……」

と、しのぶは町の明りの方へ目をやって、「この故郷の町からの手紙となると、本当に嬉《うれ》しそうで」

「本当にここからの手紙だと信じてました？」

「初めは、私の書いたものと分っておられたと思います。でも、やがてその内、支持者からのものだと信じてしまわれたようで」

「じゃ、この町の人たちの歓迎ぶりは？」

と、宣子は言った。

「分りません。――先生の銅像を建てるという話が来たときは、びっくりしました。正直、この町の人から、お手紙が来たことはなかったんですから」

藍は宣子と顔を見合わせた。

「おい、どうするんだ、俺たちは？」

と、君原がバスから降りて来て、訊いた。

そこへ、さっきバスに乗って来た中本が戻って来ると、

「やあ、どうもご苦労さま」

と、藍に封筒を渡した。

「これは……」

「バスの貸切料金ですよ。少し余分に入ってますが、それは心付《こころづけ》のつもりで取っておいて下さい」

「でも、それは――。ともかく領収証をお出ししますので」

「いやいや、そんなものは不要です。――さあ、お嬢さん、三谷さんも、立派なホテルというわけにはいかないが、一応宿を用意してあります。ご案内しますので」

「あの……」

宣子が藍を見る。心細い気持が目に出ている。

「私どもも、今から山道を帰るのは大変ですので、どこでも結構ですが、泊めていただけませんか」

と、藍は言った。

「それは残念ながら無理ですね。とても、他《ほか》の方をお泊めする余裕はありません」

と、中本は即座に言って、「道なら簡単です。町の中を突っ切って、道なりに行けば広い道へ出ますよ」

中本は、藍の言葉も待たずに、

「さあさあ、こちらです」

と、宣子と三谷しのぶの腕を取って、連れて行ってしまった。

「何だか変ね」

と、藍は首をかしげた。

「まあ、いいじゃないか」

君原は肩をすくめて、「ちゃんと料金は払ってくれたんだろ? 文句はないさ」

藍は封筒を開けて中を見た。

「倍はあるわ。これって、普通じゃない」

「多くもらって文句言ったら、社長に叱《しか》られるぜ」

「それはそうだけど……」

「さあ、行こう。ぐずぐずしてると夜が明けちまう」

と、君原に促されて、藍はバスに乗り込んだ。

——中本に言われた通り、町の中を突っ切って行く。

町はお祭り騒ぎの様子を見せていた。

「——この興奮の仕方。まともじゃないわよ」

と、藍は言った。

「なあに、こんな田舎町にとっちゃ、一度でも国会議員になった奴《やつ》は英雄なのさ」

「それはそうかもしれないけど……」

バスは、小さな町をすぐに通り抜けて、山あいの暗い道へと入って行った。

「道なりに行けばいい、と言ったな」

藍は、なぜか町を出ると、何かが起りそうな、嫌な予感がして来た。

あの町の中では、何も感じなかったのに……。どうしてだろう？

「そろそろかな」

と、君原は、道が真直ぐになったので少しスピードを上げた。

突然、藍の目に、ポッカリと口を開く深淵《しんえん》が見えた。

「停めて！」

と、藍は叫んだ。「ブレーキを踏んで！」

ブレーキが鋭い音をたて、バスは停った。

「——おい、何だよ」

と、君原は息をついて、「びっくりするじゃないか」

藍は答えずにバスから降りると、道の端へ行って、両手で何とか持ち上げられるくらいの石を見付け、それを抱えて、バスの前に出た。

そして、運転席の君原の方をちょっと振り向いて見てから、その石を、数メートル先の道路へ向けて投げた。

石はボコッと音をたてて、道の中へ呑《の》み込まれた。君原が目を丸くしている。

そして、その穴から、周囲へ裂け目が広がると、道全体が崩れ落ちて行った。

道は、あと数メートルで、深い谷へと消えていたのである。

「――驚いたな!」

君原がバスから降りて来て、「危うく、バスごと谷底だ」

「これはわざと仕組んだことよ」

「あの中本って奴だな! ぶん殴ってやる!」

「でも、戻れないわ。Uターンする余裕ないし」

「ずっとバックさせるか。相当な手間だな」

「ともかく、宣子さんたちのことが心配だわ。歩いて戻る」

「分ったよ」

君原も肯いた。「君は命の恩人だ」

「でも、あのS町のこと、ふしぎだわ」

「どうして?」

「ともかく、行きましょう。町へ着くころは朝になってるわね」

藍は、バスの中のライトを取って来ると、暗い山道を辿《たど》って、戻り始めた。

4　幻影

三谷しのぶは、何度も目を覚ました。
眠ろうとすればするほど、目が冴《さ》えてしまう。
何かが、三谷しのぶの頭の中で点滅していた。――気になることがあった。
でも、それが何なのか……。
しのぶは起き上って明りを点けた。
――和室は、そう広くはないが、充分に快適だった。
床の間に飾られた菊の花に目が行く。
花。――花を贈る。
それも議員秘書の仕事の一つだ。冠婚葬祭に当って、手落ちのないように花を出す。
「そうだわ」
と、しのぶは呟《つぶや》いた。
思い付くと、バッグを探って、分厚い手帳を取り出す。

パソコンだの電子手帳だのには、さっぱりなじめない。手帳に手で記入するのが一番である。

「ええと……」

ページをめくって行く。「――この辺だったと思うけど……」

〈葬儀関係〉と分類したページ。めくっていく手が止った。

「やっぱりあった！」

声が震えていた。

〈葬儀にお花〉とあって、〈西山茂也様。先生の同級生〉

西山茂也。――さっき、小笠原に「町長だ」と名のった本人ではないか！

しのぶは浴衣《ゆかた》をきちんと直すと、そっと障子を開けて、廊下へ出た。

小笠原の部屋は、確か突き当りの広い座敷だった。

しのぶはそっとその入口の襖《ふすま》を開けて、中へ入った。

暗い中、敷かれた布団が白く横たわって見える。そばへ寄ると、

「先生。――先生」

と、しのぶは小声で呼びかけた。「起きて下さい」

小笠原が布団の中でモゾモゾと動く気配がした。

「先生。あの町長の西山さんですけど、もう五年も前に亡くなってます。お葬式にお花

を出しています。――先生、あの人は西山さんじゃありませんよ」

しのぶがそう言うと、

「そんなことはない」

と起き上ったのは――同時に部屋の明りが点いて――しのぶは息をのんだ。

それは小笠原でなく、西山その人だった。

しかし、さっき見た、でっぷりと太った、血色のいい西山ではなく、青ざめてやせこけた、生きているとは思えない姿だった。

「あなたは……」

しのぶは、震えて立ち上ることもできなかった。

「私は西山だよ。ただ、生きていないというだけだ」

しのぶは、背後に人の気配を感じて振り返った。

十人近い人々。――男も女もいる。

「あなた方は……」

と、しのぶが震える声で言うと、

「おかしなことを。よく知っているはずじゃないか」

「ねえ、本当に」

「私は永井」

「私は太田ですよ」

「林は私よ」

「佐々木よ。忘れたの？　あなたのよく知っている、小笠原先生の支持者よ」

しのぶの顔から血の気がひいた。

「そんな……。そんなはずないわ！　そんなことが――」

人々が近付いて来る。

しのぶは、もう身動きも、叫び声を上げることもできなくなっていた。

「そんなこと、あるわけが――」

と言いかけたしのぶの上に、人々が折り重なるように襲いかかった……。


「何だ、これは？」

と、君原が思わず声を上げる。

「大声出さないで」

と、藍がにらむ。

「すまん。しかし……」

二人は、やっと町の外れまでやって来た。

とっくに日は上り、曇り空ではあるが、町は昼の明るさの中にあった。

そして——明るさの中で、町は廃墟《はいきょ》と化していた。

崩れかけた家。実際に屋根の落ちた家。

倒れた生垣。壊れた戸口。割れた窓。

「無人の町か」

「住む人がなくなって、荒れ果ててしまったんですね」

「しかし、ゆうべは……」

と言いかけて、君原は青くなった。「あれはみんな幽霊だったのか！」

「正確には幽霊ではありません」

と、藍は言った。「だから、私は何も感じなかったんです」

「幽霊じゃないとすると……」

「しっ！」

と、藍が抑えた。

崩れかけた家々から、人々が現われる。

しかし、ゆうべの、あの熱狂した人々ではなかった。——誰もが、死人のように青ざめて、よろけるように歩いている。

そして、人々は同じ方向へと、黙々と進んで行った。

「さあ、先生」

と、中本が出て来て言った。「いよいよ、先生の銅像の除幕式ですよ」

「ああ、ありがとう」

小笠原と、娘の宣子が、崩れかけた家から出て来た。

中本も、ゆうべバスに乗って来たときとは違って、青ざめ、やせこけている。

その「死者たち」の中、小笠原と宣子だけは、ごく普通の「人間」である。

「気が付かないのか」

と、君原は言った。

「町の中にいると、その世界の目で見てしまうんですよ。でも——三谷しのぶさんがいない」

「ああ、そうだな」

「ともかく、ついて行ってみましょう」

藍たちは、ものかげに隠れながら、町の人々の後について行った。

ゆうべは気付かなかったが、広場にやぐらのようなものが組まれ、そのそばにスッポリと布をかぶせた像が建っていた。

高さ、五、六メートルはあるだろう。

「——あれが銅像？」

「さあ……。見ているしかありませんね」

藍は、広場の少し手前で身を潜《ひそ》めた。

「では、町を代表してひと言」

あの西山町長が人々の前に立った。「今日ここに、我々の町の誇りである、小笠原圭助先生をお招きして、銅像の除幕式を行えることは、大きな喜びであります……」

少し風が強い。――藍は、あの布をかけた像が風で少し揺れているのに気付いた。

銅像などではないだろう。

では一体何なのか？

「先生よりひと言、お願いします」

町民の拍手の中、小笠原が立った。

「S町の皆さん。――今日は我が生涯最良の日です」

小笠原の声はやや上ずっていた。「生れ故郷であるここに、私の像が建つなどとは、考えてもみませんでした。誠に光栄の至りであります！」

涙で、小笠原は絶句する。

「では早速除幕式を」

と、中本が言った。「さあ、先生。この像の覆《おお》いを外して下さい」

「うん。ありがとう」

小笠原は、中本から渡された紐《ひも》の端を握った。

「では、先生！　紐を引いて下さい！」

中本に言われて、小笠原は紐を引いた。

布がフワリと風に流されながら外れて、地面に落ちた。

「——何だ、あれ？」

と、君原が唖然《あぜん》とした。

それは——人らしい形はしていたが、竹を組んで作った張り子の人形だった。そして、細かい紙が、その表面一杯に貼《は》られている。

「——三谷さん」

と、藍は息をのんだ。

その人形の腕の辺りから、三谷しのぶの体が縄で下がって揺れていた。

拍手が起った。

「すばらしい！」

と、小笠原は声を上げた。「何と立派な銅像だ！」

「喜んでいただければ幸いです」

と、中本が肯いた。

「お父さん」

宣子が父親へ駆け寄って、「おめでとう！」

と抱きついた。

藍は君原の方へ、

「ライター、ある?」

「ああ。——どうするんだ?」

「あの二人の目を覚まさせないと。あの二人も、『取り込まれて』しまうわ」

藍は手近な板の破片をつかむと、それにライターの火を点けた。

そして、町民たちの間を駆け抜けると、あの人形の足下《あしもと》へ駆け寄った。

「何をする!」

と、中本が叫んだ。

「幻から目を覚ますのよ!」

藍は、人形に火を点けた。

竹と紙だけの張り子の人形はたちまち燃え上った。

町の人々が悲鳴を上げ、一斉に散って逃げて行った。

「——これは何?」

宣子が目をみはって、「しのぶさん!」

人形が燃え上ると、三谷しのぶの体が落ちて来た。

「しのぶさん!」

宣子が駆け寄る。

「殺されたんです」

と、藍は言った。

「誰が一体――」

「三谷さん自身が作り出した人たちです」

と、藍は言って、燃え上る人形を見上げた。

「これに貼ってあったのは、三谷さんが書いた、小笠原さんへの支持者の手紙です」

「手紙……」

「それは三谷さんが作り上げた、架空の人々でした。でも、お父さんはその存在を信じた。幻が事実になったのです。――架空の人々が、この無人になった町で、住み始めたのです」

「無人の町……」

宣子は町並を眺めて、「ゆうべ、こんな所に泊ったの？」

「三谷さんは、そのことに気付いて、殺されたんでしょう。自分が作り上げた幻の支持者に」

「何てこと……」

宣子はしのぶの傍に座り込んだ。

「人々は、お父さんを欲しがったのです。本物を自分たちの世界へ招き入れることができたら、自分たちも現実の存在になれる、と思ったんです」

小笠原が、燃える人形の前で、オロオロしていた。

「何てことをする！　俺の——俺の銅像を！」

「お父さん！　しっかりして！」

宣子が父親の腕をつかんで、揺さぶった。

「これは銅像なんかじゃないでしょ！」

「いや……。俺は……俺はここでなら、忘れられずにいられるんだ。俺は町の生んだ偉人なんだ！」

「町なんか、もう誰もいないのよ！　人が住んでないのよ！」

「そんなことがあるものか！　みんながあんなに歓迎してくれた。手を振り、握手して……」

「お父さん！　もうお父さんのことなんか、誰も憶えていないのよ。お父さんが有名だったのは、もう過去のことなのよ」

「過去だと……。いや、違う、違うぞ」

小笠原は宣子の手を振り切って、燃え上り崩れ落ちようとする人形の方へと駆けて行った。

「お父さん！」

その瞬間、燃え上る人形は、足の辺りが灰となって、崩れ落ちた。そして、小笠原はその下敷きになったのだった。

――宣子が呆然として、風に吹き散らされる白い灰を眺めていた。

〈すずめバス〉の営業所の前にバスが停り、藍は君原へ、

「ご苦労さま」

と、声をかけてバスを降りた。

今日は昼間の、ごくまともな〈観光ツアー〉である。

「――町田さん」

黒いスーツの小笠原宣子が立っていた。

「宣子さん、今日が……」

「父の葬儀でした。しのぶさんのお葬式も、この間……。お花をどうも」

「いいえ。残念でしたね」

「でも、父はああするしかなかったのかもしれません。一時の栄光にだけ生きていた人ですから」

と、宣子は言った。「しのぶさんも――父と一緒にいられる方が良かったかも」

そして宣子は微笑むと、

「あなたと一緒で、良かったですわ。あんなふしぎな体験、もう二度としないでしょうから」

と言った。

礼を言って帰って行く宣子を見送って、藍は、

「私も二度としたくないけど……」

と呟いた。「そうはいかないのよね、きっと」

それにしても――肩書の持つ魔力とは恐ろしいものだ。

「平社員が一番ね」

と、肩をすくめて、藍は営業所兼本社へと入って行った。

解説

関口苑生

子供の頃から、お化け、幽霊の類が怖くてたまらなかった。それは中年と呼ばれるようになった今でも変わらず、時に自分でも異常だと思うことがある。たとえば、自宅にいても一人のときはトイレに入るとドアを閉められないというのもそのひとつ。閉所恐怖症の人もそういうことがあると聞いたが、わたしの場合はまったく違う理由だ。ドアを閉めて用を足しているとき、外からノックの音がしたらどうしようと思ってしまうのだ。

自分以外誰もいるはずのない家の中で、突然ドアをノックする音が聞こえたら……。そんなこと、あるはずがない、と思う。あるわけもない。しかし、かりにもし起こったらどうする？　そもそも、ドアの外に立っているのは誰なの？　そう考えるだけですくみ上がってしまうのだった。

当然、暗闇は最大の鬼門で、夜はすべての部屋の照明をつけて、寝るときも明るくしていないと安心できない。また、夏でも布団から手足を出して寝るのは禁物。寝ている最中に、得体の知れぬ何者かに足を引っ張られたりしたらと思うと、それだけで全身が総毛立ち、神経が興奮して眠れなくなる。要するに目をつぶっていられなくなるのだ。

　そんな具合だから、とにかく怖い話はテレビも映画も、漫画も小説も例外なく一切苦手だった。というよりも積極的に近づかないような生活、人生を送ってきた。

　が、そうは言っても完全にシャットアウトするのは難しい。ことに最近は、ホラー系の作品がエンターテインメントの中でも重要な位置を占めてきているので、商売柄どうしても読まざるを得ない場合もある。ビデオを観なくてはならないときもある。――その結果は、もう最悪。確実に数日間はまともに眠れないし、どうかすると昼間でも思い出してはふっと怖くなって、何度も何度も後ろを振り返る日々が続いていく。

　いわゆる「その種の小説」というか、この世のものではない恐怖を核としたスーパー・ナチュラル系の小説は、読者を怖がらせることを第一義の目的にしていると考えていいだろう。怖くないホラーはホラーじゃないというわけだ。そこが人間心理の中に恐怖を見ようとする小説、あるいは主人公が味わう恐怖が、自分自身や他の登場人物の誰かの狂気によるものとわかる小説――スリラーと大きく違うところだ。もっとも、わたし個人は先に述べた理由から過剰に恐怖を売りものにし、弄《もてあそ》んでいるとしか思えないホラー作品は遠慮したいが、好みは人それぞれだし、怖い小説自体はあっていい。

　ただし、とそこで思ってしまうのだ――。

怖いだけの小説には潤いがない、と。

赤川ファンなら言わずもがなのことだろうが、彼の作品にも幽霊譚や怪異現象を扱ったものがかなりある。本書『哀しみの終着駅』にしても〈怪異名所巡り〉シリーズの第三集になるし、さすがに〈幽霊〉シリーズで世に出た作者だ（というのは関係があるかどうかはともかく）、何気なく短篇を読んでいても油断大敵、ふいっと登場してくるのである。また〈三毛猫ホームズ〉を筆頭に、著名な各シリーズにも必ず怪談噺は用意されており、厳密に調べたわけではないけれど、赤川作品全体の比率からいっても相当数に上るのではないか。逆に言うと、それだけ赤川次郎は幽霊譚が好き――というよりも、この形式の物語に相当のこだわりを持っているのだろう、その上で読者に何かを伝えようとしているのだろうと普通はまずそういう考え方をする。

振り返ってみれば、モダン・ホラーといった言葉がまだ日本に定着していなかった時期から『黒い森の記憶』など、新感覚のホラーを書いていたのが赤川次郎であった。極論でも何でもなく、彼こそは日本における現代ホラーの開拓者と言っていいかもしれない。それだけに恐怖のツボも十全に心得ており、そういう人が書く怪異譚、幽霊譚が怖くないはずがない。だが、怖さの質というのか、恐怖の源泉がどこからくるものなのかを描いた部分で、凡百の過剰恐怖物語とは決定的な違いがあるような気がするのである。

幽霊や亡霊の定義がどういうものであるかは知らないけれど、ごくごく当たり前に思えば、不幸な死に方をしてしまった動物や人間が（最近は機械の場合もあるようだが）、どうにも死に切れずに思いや念を残して、生きている者に何かを訴えるというのが一般的認識だろうか。そのときに〝彼ら〟の思いや念が、生者に対して悪意や敵意を持ち、危害を加えるべく襲ってくるといった、より恐怖を加味するような形で描かれるのが近年のホラーだ。しかしながら、本書も含めてこれまでの〈怪異名所巡り〉シリーズをお読みになってきた方ならおわかりかと思うが、赤川次郎が描く幽霊は読者の恐怖をいたずらにあおるような存在ではない。それよりも、どうして幽霊になってしまったのかを重要視し、そんな風にならざるを得なかった背景と哀しみを抽出しようとするのである。そしてまた、かりにもしその原因が、いま生きている人間の側にあるのだとしたら、むしろそちらのほうに容赦ない結末を用意する。要するに、死者とはいわず生者とはいわず、赤川次郎が描こうとしているのは常に「人間」の問題、人の心のありようなのだった。

ちょっと大上段に振りかぶった物言いをすると、近代文学の先駆者といわれた坪内逍遥は『小説神髄』の中で「小説の主脳は人情なり」と語っている。さらにはこれに先立つ江戸の昔、本居宣長は物語の本質は「もののあはれ」にあると謳ったものだった。おりにふれ、目にし、耳に聞き、手でさわり……といったことで生ずるしみじみとした情感や哀愁である。つまりは「情《こころ》の感《うご》き」（宣長）にほかならない。

小説に対するこうした基本の精神、姿勢はいささかも変わることなく現代にまで脈々と受け継がれている、とわたしは思う。とはいえ、今の時代に「もののあはれ」といってもなかなか理解は及ばないかもしれない。日常生活の中で出会ったものごとのあれこれに対して、心の底から「ああ」と感ずる、なんとも曰く言い難い感情だからだ。漢字で書くと「嗚呼」もしくは「噫」だろうが、この感覚をはたして理解できるかどうか。さらにはこれを現代風にホンヤクすれば、おそらく「感動」などという粗雑な言葉になってしまうのだろうが（ちなみに、感動の深さは涙の量に比例するのがこの頃では一般的）、その言葉では微妙なニュアンスまではなかなか伝わってこない。

とそこで赤川次郎だ。

わたしには赤川次郎の幽霊譚は、そうしたあれやこれやの心の揺れ動きと感動——「もののあはれ」を読者に自然と伝え、感じさせてくれる希有な例であるように思えて仕方ないのである。先に彼は幽霊譚に相当のこだわりを持っているのかも……と書いたが、かりにそれが現代の読者に「もののあはれ」を伝えようとするためだとしても、ちっとも驚かない。そのぐらいのことを平気でやってしまう天才なのだ、赤川次郎は。しかも難しい言葉を遣わない。難しい因縁話でもない。誰にでもわかりやすい「生きた人間」のドラマがここにはある。簡単なようでいて、これはなまなかなことではできない芸当である。

それは赤川次郎のもう一方の重要な仕事である『三毛猫ホームズとオペラに行こう！』や『赤川次郎の文楽入門』などの入門書、エッセイを例にとってみるとわかりやすいと思う。

狂言師の五世野村万之丞さん（故人）の言葉で「重軽《おもがる》」というものがあるそうだが、結論から先に言うと赤川次郎はこの重軽の達人、重たいことを軽々と語る（見せる）能力に長けているのだった。それも決して通ぶらず、マニアぶらず、自己愛に陥らず、その世界の凄さ、深遠さを実に愉しそうに語っていくのである。もちろん、本当に軽いわけではない。ピアノで一番弱い音を出すときに、最も指に力を入れるのと似て軽そうに見せるのである。

たとえば、オペラが苦手な人はあの過剰な声量が嫌という人が多い。それを彼は、これからオペラを観に行こうと思う人はクラシックの発声、特にソプラノやテノールの高音を〝美しい〟と感じられるまで慣れなければならない、と説くところから始めるのだ。ここから窺《うかが》えることは、おそらく他の多くのオペラ本やエッセイは、あれを最初から美声と捉えて、あの歌声を聞くのは楽しいとの前提に立って語っているのだろうと想像できる。重たいものを、重たいままに語るのが従来の手法で、それが高級な仕事とされてきたのかもしれない。

同時にまた彼は、文楽入門の本の中で「何ごとによらず、通ぶって小難しいことを言うのなら、ちょっとかじったくらいで充分にできる。しかし、何も知らない人にもわかりやすく語るのは、相当に深い知識と理解がなければできるものではない。わかりやすく語るためには、余計な枝葉を切り落とす必要があり、何を省略するかを決めるには、全体がきちんと見えていなくてはならない」といった主旨のことを述べている。

すべてを見通してから、真の部分を語る。オペラにせよ文楽にせよ、おそろしく奥が深い世界の話だと思うが、赤川次郎はそれをいとも簡単そうに、まさしく重軽で、われわれの前に提示してみせるのだった。

小説にしても同様。幽霊譚とは、本来、重たいものであって不思議はない。いや実際に重たく書こうと思えば、いくらでも重く、怖い話に仕立てることができるだろう。だが、読んだあとに残るものがただただ恐怖の感覚だけであったら、どうなんだろう。それはそれで、小説としては成功しているのかもしれないけれど、わたしは「もののあはれ」は感じない。

本書に登場する幽霊たちも、それぞれに本当は怖い存在である。幽霊となった（というのもヘンな表現だが）のにも、一様に重たい事情がある。

表題作の「哀しみの終着駅」は男女の愛憎に加え、親子の情愛の犠牲になった女性が幽霊として登場する。「凡人の恨み」も似たような事情だが、そこに現実社会のパワーバランスやしがらみもつきまとう。この部分だけを捉えると、実に深刻な物語と言ってよい。ところが、なのだ。本書はこうした幽霊を見に行こうという設定をとるのである。これがまず凄い。生まれながらの霊感体質で、幽霊とも話ができちゃったりするバスガイド・町田藍が添乗する〈幽霊ツアー〉である。重たいものを軽く見せようとの仕掛けだ。

確かに、現実でもこの業界は不況下にあって、厳しい状況にあるという。最大手の観光バス会社にしてからが、いまや客足が年間百万人に到底届かないのだとも。そのため価格を抑え、ニーズに応え、かつてなら無視していたような小さいリクエストでも拾っていって商品（コース）数を増やしている。その数は百コース以上にも及び、中にはおよそ信じ難い商品もあるとか。業界最小手〈すずめバス〉の社長が、思いつきに任せてあれこれ考える企画も、あながち絵空事ではないのだった。

ともあれ、藍が乗るツアーは次第に人気が出て、ついには常連客までつく始末。で、この深刻な幽霊たちと、能天気なとまでは言わないが、藍を媒介として怪奇現象大好き人間たちが出会ったときに、なんとも不可思議な「情の感き」が起こるのだった。そこに「もののあはれ」が生じる。「忠犬ナナの伝説」は、そうあってほしいと読者が願う形で決着がつき、ああやっぱりと納得する。これもまた感動なのである。「地獄へご案内」は収中では一番幽霊らしい行動をする幽霊譚。ただし、死者と生者が決して敵対しあっているわけではない。死者の悲しみは深いが、生者もまたいかにも人間らしい感情のゆえ、一歩足を踏み外してしまうのだった。表面上の物語では勧善懲悪と善悪正邪が描かれているようにも見えるだろうが、作者の視線はさらにその先にある。それが「もののあはれ」という曖昧模糊たる感情ではなかろうか。

そして最大の傑作「元・偉人の生涯」だ。これればかりはまっさらの状態で読んで欲しいが、ひとつだけ感想を述べると、わたしはこの作品をあの「耳なし芳一」に匹敵するほどの、歴史に残る幽霊譚だと思う。これほど怖くて、不思議で、哀しい話などそうあるものではない。赤川次郎、やっぱり凄い。

この作品は、二〇〇六年二月、集英社より単行本として刊行されました。

集英社文庫

哀《かな》しみの終着駅《しゅうちゃくえき》 怪異名所巡《かいいめいしょめぐ》り3

2009年9月25日 第1刷
2021年6月23日 第3刷
定価はカバーに表示してあります。

著 者 赤川次郎《あかがわじろう》

発行者 徳永 真

発行所 株式会社 集英社
東京都千代田区一ツ橋2-5-10 〒101-8050
電話 【編集部】03-3230-6095
【読者係】03-3230-6080
【販売部】03-3230-6393(書店専用)

印 刷 凸版印刷株式会社

製 本 凸版印刷株式会社

フォーマットデザイン アリヤマデザインストア マークデザイン 居山浩二

本書の一部あるいは全部を無断で複写複製することは、法律で認められた場合を除き、著作権の侵害となります。また、業者など、読者本人以外による本書のデジタル化は、いかなる場合でも一切認められませんのでご注意下さい。

造本には十分注意しておりますが、乱丁・落丁(本のページ順序の間違いや抜け落ち)の場合はお取り替え致します。ご購入先を明記のうえ集英社読者係宛にお送り下さい。送料は小社で負担致します。但し、古書店で購入されたものについてはお取り替え出来ません。

© Jiro Akagawa 2009 Printed in Japan
ISBN978-4-08-746475-7 C0193